TABLEAU

DE LA MARCHE ET DES PROGRES

DE LA LITTÉRATURE FRANÇAISE

AU XVIe SIECLE.

TABLEAU

DE LA MARCHE ET DES PROGRÈS

DE LA LITTÉRATURE FRANÇAISE

AU XVIᵉ SIÈCLE,

DISCOURS QUI A PARTAGÉ LE PRIX D'ÉLOQUENCE, DÉCERNÉ PAR L'ACADÉMIE
FRANÇAISE, DANS SA SÉANCE PUBLIQUE DU 25 AOUT 1828;

Par M. St.-MARC GIRARDIN,

PROFESSEUR DE SECONDE AU COLLÉGE ROYAL DE LOUIS-LE-GRAND.

Fert animus mutatas dicere formas.
OVID.

A PARIS,

DE L'IMPRIMERIE DE FIRMIN DIDOT,

IMPRIMEUR DU ROI ET DE L'INSTITUT, RUE JACOB, Nº 24.

M DCCC XXVIII.

TABLEAU

DES PROGRÈS ET DE LA MARCHE

DE LA LITTÉRATURE FRANÇAISE

AU XVIe SIÈCLE.

Quand on se transporte par la pensée au milieu du 16me siècle, et qu'on regarde autour de soi, au premier coup d'œil, tout est confus et incertain. Que de procès indécis! que de drames qui attendent leur dénouement! religion, gouvernement, langue, littérature, tout est chancelant et douteux. Cependant le siècle avance : Que voyons-nous? La France catholique avec la sauve-garde des libertés gallicanes, Henri IV sur le trône, la langue et la poésie réformées par Malherbe et Corneille près de naitre.

Comment se sont accomplies ces révolutions? Comment du sein des folies théocratiques de la ligue et des agitations républicaines du calvinisme, le catholicisme est-il sorti sage et indépendant, la royauté calme et absolue? Comment des vicissitudes de la poésie, des incertitudes de la langue, est-il né une poésie régulière et presque systématique, une langue sévère et dédaigneuse? Quelle cause enfin a donné à notre littérature son mérite particulier de bon sens et son esprit philosophique? car ce n'est ni le hasard, ni la puissance des factions, ni le caprice des poètes, qui ont réglé la marche de la société et de la littérature pendant le 16e siècle. Il y a quelque chose qui a tout conduit et tout décidé, quelque chose qui a résisté aux passions des partis et au choc des événements: c'est l'esprit et le caractère français. Parfois il s'égare, parfois il se transforme et se métamorphose, mais toujours il se retrouve et se reconnait.

Avant de voir comment cet esprit a éclaté dans l'histoire et dans la littérature, qui sont les deux manières dont un peuple exprime son génie, essayons de dire ce que c'est que l'esprit et le caractère français.

En France, l'esprit libre penseur est plus ancien qu'on ne le croit. Nos vieux fabliaux, nos vieux romans sont naïfs par la langue et le tour des idées; mais ils sont malins par l'esprit. Partout éclate un génie libre et moqueur, une répugnance naturelle du préjugé. A prendre nos pères, tels qu'ils se montrent dans notre vieille littéraure gauloise, ils ne sont ni séditieux ni novateurs; ils n'ont ni morgue républicaine, ni incrédulité philosophique; mais ils ont une sagacité malicieuse et pénétrante qui fait qu'ils ne se laissent imposer par quoi que ce soit. Ils obéissent sans être dupes. Telle est la vieille France. De là les allégories satyriques de nos trouvères : de là ces traits piquants contre les moines, les docteurs, et même contre les nobles. Représentons-nous quelque bourgeois du 13ᵉ ou 14ᵉ siècle, se faisant lire le roman de la Rose par son fils cadet, déjà quelque peu clerc, et approuvant d'un hochement de tête la maligne peinture de la *papelardie* (hypocrisie): Ailleurs, au parloir des bourgeois, entendons-le revendiquer la charte et les franchises de sa ville. Certes, ce n'est là ni un philosophe du dernier siècle, ni un démocrate des temps antiques; c'est un bon catholique, un sujet fidèle; mais c'est en même temps un homme de bon sens, moqueur au besoin, qui garde en tout son franc juger, et prend quelquefois son franc parler.

C'est là le caractère et l'esprit français. Voyons maintenant comment il se développe pendant le 16ᵉ siècle, comment il se mêle aux débats de la politique et de la religion: comment dans l'histoire, il juge les événéments : dans la philosophie, prépare Descartes et substitue la morale au casuitisme: dans la poésie, change plusieurs fois d'inspirations, et emprunte quelque chose à tous les systèmes: dans Rabelais, qui fait à lui seul un genre à part, éclate avec toute sa liberté de pensées; et comment enfin la langue empreinte à l'origine de la marque de cet esprit, après beaucoup d'essais et de tatonnements, finit par en devenir la plus vive et la plus fidèle image.

Sous François Ier, la littérature et la politique avaient commencé à se rapprocher. C'était l'effet de la naissance de l'opinion publique. Déja cette puissance jusques-là inconnue, faisait entendre ses vœux. Érasme, espèce de dictateur des esprits de son siècle, comme Luther et Calvin furent les dictateurs des consciences, Érasme, après la bataille de Pavie, conseillait à Charles-Quint la modération et la générosité. L'opinion publique commençant ainsi à être quelque chose, il fallait essayer de persuader les peuples. Aussi, c'était des savants et des gens de lettres qui étaient ambassadeurs et ministres. C'était des universités et des parlements que sortaient les hommes d'État et les orateurs qui, devant les diétes de l'empire, allaient défendre François Ier, persécuteur des calvinistes en France et allié des luthériens en Allemagne. Au 16e siècle les lettres prennent rang dans l'État et font des ministres : en Espagne, Granvelle; en France, le cardinal Dubellay; en Angleterre, Thomas Morus.

Bientôt naissent les guerres d'opinion. Alors les limites incertaines qui séparaient encore la politique et la littérature s'effacent sans retour. La presse devient une tribune toujours ouverte où chaque parti harangue à son tour. L'antiquité avait ses forum et ses places publiques; les modernes ont l'imprimerie, *cette sœur ainée des muses*, selon l'expression de Dubellay, cette législatrice des temps modernes, qui de l'Europe ne fait qu'un seul forum et convoque des peuples entiers à ses assemblées. Alors renaissent

I.

ces combats de parole oubliés depuis la chute d'Athènes et depuis la mort de Cicéron; mais qu'était-ce autrefois qu'un orateur haranguant cinq ou six mille citoyens, pendant à peine quelques heures, et d'une voix qui se perdait avant d'arriver aux derniers rangs du peuple? Aujourd'hui ce sont d'innombrables orateurs haranguant d'innombrables auditoires, tous les jours, à toutes les heures, et d'une voix qui n'est jamais ni lassée par l'espace, ni effacée par le temps.

Avec l'imprimerie, Démosthènes n'a plus à craindre ni les bégaiements de sa langue, ni le tumulte des assemblées populaires; il ne parle plus; il écrit, et les pamphlets remplacent les discours.

Le caractère du pamphlet, c'est l'à-propos. Il naît et meurt au gré de la circonstance. Le pamphlet est comme ces hommes à qui une fée capricieuse a prêté pour quelque temps sa baguette et son pouvoir: tant qu'ils ont le talisman, ils commandent en maîtres à la nature; ils règnent sur les passions des hommes; mais le terme expiré, tout-à-coup leur force se retire, et ils sont laissés à leur propre faiblesse. Hier encore ce pamphlet agitait tous les esprits, et les hommes d'état tremblaient devant sa puissance. Aujourd'hui à peine sait-on ce que c'est. Que s'est-il donc passé pendant la nuit? rien, sinon que la circonstance a changé, et comme si l'enchantement s'était soudain dissipé, le pamphlet redoutable n'est plus qu'un papier sans nom. Le pamphlet est de tous les genres de littérature le plus libre; il prend toutes les formes et tous les tons: tantôt c'est un sermon, tantôt un dialogue, parfois une allégorie, ici un discours, là une lettre: il raille, il raisonne, il enseigne, il conseille; il exprime, à mesure qu'ils naissent, les idées et les sentiments des peuples: par lui, chacun grand et petit, peut prendre à chaque instant la parole et se faire écouter. Au 16ᵉ siècle, chaque jour, à chaque événement, mille pamphlets éclatent; ils se succèdent, ils se poussent, ils se remplacent, pareils, selon Ronsard, à ces nuées qui passent en versant sur nos têtes leur fardeau d'orage. Et chose singulière! ces pamphlets qui troublent et agitent les esprits, à peine sait-on quels en sont les auteurs. Ce sont comme des voix confuses, comme des cris de colère, de pitié qui s'élèvent d'une multitude émue.

J'ai parcouru ces collections de pamphlets, qui n'excitent plus maintenant qu'une curiosité impartiale. En remuant ces vieux écrits, dépôt des querelles d'un siècle, en songeant que c'était là que gisaient ensevelies tant de passions, il me semblait, s'il m'est permis de dire ce que j'ai ressenti, qu'avec beaucoup moins de mélancolie qu'Hamlet, Dieu merci, je visitais comme lui, quelque vaste cimetière, demandant à ces pages défuntes le secret des révolutions passées, prenant tour à tour ces écrits pâles et décharnés : ici, un pamphlet ligueur; c'était quelque fanatique qui, encore tout enflammé des sermons de Boucher ou de Lincestre, maudissait la victoire hérétique d'Ivry; là, un pamphlet royaliste; c'était quelque bourgeois de Paris, las des Seize et affamé de voir un roi. Il y a là, dans cette vaste sépulture d'écrits, il y a, comme dans le cimetière d'Hamlet, des politiques, des jurisconsultes; il y a aussi des bouffons, tels que Yorick. C'est là enfin que sont venues tomber et s'entasser, feuille à feuille, les passions du 16e siècle, ses haines, ses dévouements et ses colères. Mais il y a là aussi un autre intérêt que la vue de tant de passions éteintes. Il est curieux de démêler quelle est la marche qu'a suivie l'esprit français à travers tant de troubles et de révolutions, et comment il a fini par faire prévaloir sa sagesse et son bon sens naturels.

Entre tant de factions et de sectes diverses au 16e siècle, il y a un parti qu'on voit naître et s'élever dans les écoles et dans les parlements. Ce ne sont d'abord que quelques savants et quelques magistrats, et c'est lui pourtant qui décide des destinées du siècle. C'est le parti des L'Hôpital, des De Thou, des Pasquier, des Sully et des Henri IV, le parti politique. Comme il n'a de puissance que par la force irrésistible de la raison, partout où il y a dans ce siècle quelque chose de raisonnable, il s'en fait un secours et un appui. Rabelais le sert par le sens de ses bouffonneries, et Montaigne par son scepticisme. L'origine du parti politique se rattache à Érasme et au vieil esprit français. Érasme, génie pénétrant et impartial, avait commencé par favoriser la réforme; mais bientôt il s'effraya de l'audace novatrice de Luther et de Calvin, et, faisant grace aux moines de l'Église romaine, il tourna la raillerie contre les prédicateurs de la réforme. Alors il se forma sous ses auspices une école de catholiques libres penseurs, avouant de bonne grace les abus de l'Église romaine, mais ennemis des témérités du luthéranisme, et qui se faisant une part discrète d'indépendance, attendaient les bienfaits du temps sans vouloir les hâter.

Le parti politique commença sous François II ce rôle de médiateur pacifique qu'il garda jusques à la fin des troubles. Cherchant à modérer l'impatience de la réforme, essayant de fléchir l'opiniâtreté du catholicisme, *avant que le sang eût encore touché le sang*, L'Hôpital se jeta entre les deux camps, réclamant à haute voix le principe sacré de la tolérance. C'est-là la gloire de L'Hôpital et des fondateurs du parti politique. Ce sont eux qui les premiers en France, sans autre sentiment que le sentiment de la justice et du droit, n'étant ni huguenots, ni persécutés, ont défendu la tolérance et la liberté religieuse. Alors pour la première fois on vit une idée de philosophe, une de ces pensées que font trouver la science et la méditation, devenir une maxime d'État. Après L'Hôpital, les édits de tolérance ne furent plus que des traités de paix, ou des trèves faites de guerre lasse : l'édit de Romorantin demeurera éternellement comme le témoignage de la première alliance de la philosophie et de la législation.

C'est en 1561 que le chancelier de L'Hôpital, de sa main vénérable, grava dans nos lois le mot de tolérance religieuse. Pendant plus de deux siècles ce mot a été rayé par le fanatisme; mais les syl-

labes sacrées ont enfin reparu. Aujourd'hui que ce mot pacifica·
teur luit au front de toutes nos lois, ne nous pressons pas encore
d'oublier sa longue omission; rappelons-nous la souvent, non pour
accuser le passé, mais pour modérer nos empressements, pour
apprendre à ne pas désespérer trop vite de la raison et de la
justice.

Parmi les politiques de cette première époque et parmi les partisans de la tolérance, il y a un homme que nous ne pouvons pas
oublier; c'est Montluc, évêque de Valence. Catholique de l'école
d'Érasme, il en a l'indifférence insouciante. Dans l'Hôpital et dans
ses amis, cette école prend quelque chose de grave et de conscien-
cieux, et, sans rien perdre de sa liberté de jugement, elle change
en pieuse tolérance son impartialité sceptique. Dans Montluc,
l'esprit d'Érasme garde sa vivacité moqueuse et pénétrante. Courtisan délié, il se ménage en même temps près de Coligny et près des
Guise. Confident de Médicis, il est près, comme elle, à chanter
la messe en français. Négociateur habile, il donne le trône de Pologne au duc d'Anjou, qui, les mains encore souillées du sang de
la St·Barthélemy, traverse l'Allemagne indignée, et court chercher
les mépris de la Pologne, qu'il reviendra bientôt échanger pour
les mépris de la France. Enfin, après avoir long-temps réclamé la
tolérance, ce catholique douteux, cet évêque marié, mourut jé-
suite. Ce fut là l'expiation de son indifférence, si ce n'en fut pas
le dernier témoignage.

Cependant, depuis les premières entreprises de la ligue, le
parti politique s'était fortifié. Il ne s'agissait plus, en effet,
de la religion; c'était la royauté qui était en danger. Il fallait
défendre la loi Salique, il fallait sauver la France du joug de
l'Espagne. A cette seconde ère du parti politique, tout se re-
nouvelle; ce ne sont plus ni les mêmes hommes, ni les mêmes
haines, ni les mêmes amitiés. A François a succédé Henri
de Guise; et le parti politique, vieil admirateur des Guises,

commence à redouter ce jeune chef de la ligue. Aux yeux de
L'Hôpital et du premier parti politique, François de Guise n'était
tout au plus qu'un héros ambitieux: il n'était pas un usurpateur.
Tout change avec Henri de Guise. Comme il laisse voir qu'il ne
se contentera pas d'être, comme son père, le tuteur des rois,
le parti politique s'éloigne des Guise et passe de l'amour à l'aver-
sion. Même changement à l'égard des huguenots. Coligny était le
vieil objet de la haine des politiques qui maudissaient moins
encore sor hérésie que sa révolte. Mais il était tombé à la .
St.-Barthélemy, et le roi de Navarre était aujourd'hui le chef du
parti calviniste. Son génie franc et intrépide, et le charme irrésistible du caractère français que personne n'a eu comme Henri IV,
séduisaient les politiques.

Deux hommes surtout donnent une idée exacte du parti politique à cette époque, et représentent fidèlement ses incertitudes
de sentiments : ce sont Pasquier et Bodin.

Les lettres de Pasquier sont un précieux monument de l'histoire
du temps. Écrites pour le public, elles n'ont pas l'abandon et la
familiarité de lettres destinées à des amis. Cependant il y a une
grace et une naïveté de style qui font parfois illusion. A voir ce
langage franc et naturel, on est tenté de croire que Pasquier s'a-
dresse à quelque ami, à de Thou, à Loysel. Dans ces lettres, le
parti politique semble faire de bonne grace sa confession. Pasquier
avoue qu'en voyant le roi de Navarre, malgré sa répugnance contre
les huguenots, *il a été ému d'un favorable augure.* En même temps
il se sent séduit par l'éclat du duc de Guise. Pasquier laisse voir
franchement ce mélange et cette irrésolution de sentiment ; son
style familier aide même à ce ton de vérité. C'est un des caractères
des savants magistrats du 16e siècle, que cette naïveté qui n'ôte rien à
la gravité de leur science et à la dignité de leurs mœurs. Tel était
L'Hôpital; tel est aussi Pasquier; seulement il semble avoir parfois
une sorte de malice que s'interdisait l'austère chancelier.

Les lettres de Pasquier sont de véritables mémoires, avec cette différence que les mémoires se rédigent après coup et de souvenir, tandis que Pasquier écrivait ses lettres à mesure que les événements s'accomplissaient. C'est l'histoire, en quelque sorte, prise sur le fait; mais ce n'est pas un journal à la manière de l'Étoile : l'Étoile, annaliste badaud, qui, chaque soir, avec une régularité scrupuleuse, écrit ce qu'il a vu et ce qu'il a entendu dire, mêlant les affaires de son ménage avec les affaires d'État; indifférent en religion, et spectateur minutieux des processions et des cérémonies. Mettez-moi à Paris pendant les États de la ligue, et parmi tout ce peuple assemblé pour voir passer M. le lieutenant de la couronne et M. le cardinal légat, je reconnaîtrai aisément l'Étoile. Voyons : cet homme qui parle haut, d'un ton ardent et fanatique? — Non; c'est quelque partisan des Seize : ce n'est point là l'Étoile. — Ce bourgeois qui gronde avec son voisin, et jette des regards de colère sur le cortége des États? — C'est un politique qui murmure et qui se plaint; ce n'est pas là l'Étoile. Mais voyez plus loin cette figure calme, immobile, attentive comme celle d'un homme qui regarde plutôt que comme celle d'un homme qui réfléchit : c'est l'Étoile : il n'ose pas s'affliger, car il craint la ligue encore plus qu'il ne la déteste. C'est l'Étoile, je le reconnais; je l'ai vu de nos jours pendant les troubles de la révolution.

Quand Pasquier fit ses lettres, ce genre de littérature avait une grande vogue. Érasme, Scaliger, Juste-Lipse publiaient les lettres qu'ils écrivaient à leurs amis. C'était une imitation de Cicéron et de Pline le jeune. Pasquier, grand admirateur des anciens et ami des savants de son temps, suivait avec confiance leur exemple. C'est ici qu'il est bon de montrer en passant le côté littéraire du parti politique.

Né avec l'école de Ronsard, il a toutes les idées de cette école; il partage son zèle, il approuve son ardeur à relever la poésie française au niveau de la poésie antique. Ronsard, Dubellay, Baïf, L'Hôpital, Pasquier et ses amis, forment à la cour de Henri II une secte de beaux-esprits qui condamnent Marot, et cherchent à ouvrir de nouvelles voies à l'esprit du siècle. Heureusement ces novateurs littéraires épargnèrent la prose, soit par dédain, soit par sagesse. C'était la langue des affaires, la langue du barreau, de la chaire; il fallut consentir à la laisser au peuple telle qu'il l'avait reçue de ses pères : mais la poésie était la langue des dieux; elle devait haïr le profane vulgaire; il fallait se hâter de la séparer du langage du peuple. Ils le firent. Qu'en est-il arrivé? On lit encore le prosateur Pasquier; on ne lit plus le poète Ronsard.

Bodin n'a pas, comme Pasquier, laissé de lettres qui nous découvrent l'intérieur du parti politique, ses sentiments et ses incertitudes. Il n'a laissé que deux traités méthodiques : l'un qui marque un esprit crédule et superstitieux, *la Démonomanie*; l'autre qui mérite d'être examiné avec attention, son *Traité de la république*.

Moins libre penseur que Pasquier, Bodin, dans son *Traité de la république*, met souvent l'autorité à la place de l'examen. Il n'a pas l'esprit ferme et décidé; parfois même il se montre faible et superstitieux : il emprunte sa politique aux rêveries pythagoriciennes, et cet écrivain, qu'on a accusé d'athéisme, croit à la vertu des nombres. Mais quand il soutient les principes du parti politique, quand il défend la loi Salique, quand il s'élève contre la doctrine théologique du régicide, alors sa raison reprend sa force et sa vigueur. Ami de la royauté, comme Pasquier et le parti politique, il élève la monarchie au-dessus de toutes les autres formes de gouvernement; mais il déteste le despotisme. Nécessité du consentement des sujets pour lever des impôts, inaliénabilité du domaine royal, voilà, dans Bodin, les deux principes fondamentaux de la liberté publique : principes qui se tiennent étroitement; car avec un domaine inaliénable, le prince n'est pas forcé d'avoir sans cesse recours aux subsides du peuple, et il n'est pas tenté de se passer

de son consentement. De là l'importance attachée dans notre ancienne monarchie à l'inaliérabilité du don.. .e royal. Ce domaine
inaliénable, retrouvé de nos jours sous le nom de liste civile, ce
libre vote des impôts que la Charte nous a rendu, étaient, comme
ils le sont encore, la plus sûre garantie des libertés publiques.

Cette part faite aux droits du peuple, Bodin soutient avec zèle les
prérogatives de la royauté. Les rois sont inviolables, et on ne peut
ni les déposer, ni les mettre à mort. Le roi ne répond de ses actions
que devant Dieu. Voilà les principes de Bodin et du parti politique;
voilà l'état de notre ancienne monarchie avant la crise du 16ᵉ
siècle, avant l'établissement du pouvoir absolu.

C'est le parti politique qui décida cette crise. Opposé à la ligue,
qui confondait pêle-mêle les idées de la théocratie et de la souveraineté populaire, et ne prenait à chaque système que ce qu'elle trouvait de propre à la sédition, qui assassinait les rois à titre d'hérétiques
et à titre de tyrans, le parti politique poussa plus loin qu'il ne l'eût
voulu ses idées d'obéissance. Il oublia peu à peu cette part de liberté
que Bodin laissait aux sujets; et craignant toujours de voir éclater
l'esprit de révolte partout où la royauté n'étendrait pas sa main
puissante, il consentit involontairement au pouvoir absolu. Singulier entraînement! le catholicisme de la ligue, au nom d'une autorité infaillible et souveraine, devenait presque démocratique et ré-
publicain! Les défenseurs des libertés gallicanes, les partisans de
la prérogative des parlements et du libre vote des subsides, le parti
politique enfin, prêchaient le pouvoir absolu!

Cependant, tandis que Paris adorait un martyr de plus, Jacques
Clément, espèce de Brutus catholique, canonisé pour avoir immolé
un tyran, tels sont le langage et les idées du temps, Henri IV
montait sur le trône. Alors il y eut un instant d'indécision dans
le parti politique; mais il n'hésita pas long-temps. La noblesse française ne pouvait pas quitter Henri IV à la veille d'une bataille,
car ce n'est pas sauver sa conscience que de perdre l'honneur.

2.

C'est ici la troisième ère du parti politique. Faible sous L'Hôpital et luttant contre les préjugés de son siècle, plus nombreux et plus accrédité au temps de Pasquier, mais indécis et sans chef, il se rallie enfin sous Henri IV et triomphe à Ivri et dans la ménippée.

Un des mérites de la ménippée, c'est son à-propos. Au temps du duc de Guise, quand la ligue avait encore sa première ferveur, après les États de Blois quand elle était toute ardente de fanatisme et de vengeance, la ménippée n'aurait guère pu réussir. Mais, en 1593, la ligue commençait à devenir ridicule. Son chef, toujours battu, ses prêtres affublés de cuirasses, ses rodomontades espagnoles, tout prêtait à la satyre. Il y avait alors à Paris quelques hommes de grande science et de joyeuse vie, comme l'étaient parfois les savants du 16ᵉ siècle, gens d'un esprit moqueur et pénétrant, tous du parti politique, détestant les grimaces des Seize, et qui ne pardonnaient guère à la ligue les jeûnes du siége de Paris. C'étaient entre autres Pierre Le Roy, Jacques Gillot, Florent Chrétien, Nicolas Rapin, Pithou, grand jurisconsulte, qui s'occupait à la fois des lois romaines et des lois barbares, et enfin Passerat, savant helléniste et poëte ingénieux. On se réunissait tantôt chez Pierre Le Roy, chanoine de Rouen et le plus riche d'entre eux ; c'étaient, j'imagine, les jours de bonne chère : tantôt chez Jacques Gillot, dans une petite chambre, prés de la cour du Palais ; c'étaient les jours de sobriété. Mais chez le chanoine ou chez le savant, même gaieté et même esprit. Là, Rabelais était en honneur, Rabelais comme eux savant, comme eux buveur, et comme eux enclin à se moquer des *Cafards* et des *Tors-Cols ;* là on riait des Seize, des États, et des cinq ou six rois de la ligue ; on coutait le courage, les bons mots, et même les amours du Béarnais, tout ce qui en faisait *le diable à quatre*, le plus digne d'être roi de France ; là Gilles Durand lisait son histoire de l'Ane ligueur, qui avait soutenu les siéges de la ville

> Sans jamais en être sorti,
> Car il était du bon parti.

C'est là qu'entre les bouteilles et les joyeuses saillies, dans un de ces entretiens où l'on parlait de Rabelais et de Villon, d'Aristophane et de Lucien, des ridicules de la ligue et des malheurs de la France, c'est là que naquit la ménippée, espèce d'épopée comique, faite en commun par cinq ou six Homères satyriques, dans un de leurs meilleurs jours de gaieté de bon sens et de patriotisme.

L'esprit de Rabelais anime la ménippée. Même verve de gaieté et de bouffonnerie, même habileté à saisir le trait grotesque de chaque caractère et à le faire ressortir. Même goût pour l'allégorie. Mais les allégories de la ménippée n'ont pas la hardiesse fantastique des inventions de Rabelais. Rabelais enveloppe à dessein le sens de ses satyres ; il crée des figures étranges et grotesques, afin qu'on ne s'avise pas d'y chercher des portraits. Enfin il a besoin de toute la folie de son imagination pour excuser la témérité de sa raison. La ménippée a moins de ménagement à garder ; elle a la liberté des temps de troubles et de factions ; elle a la rude franchise de l'esprit de parti. Aussi elle nomme chacun par son nom, et emploie l'allégorie pour rendre ses caricatures plus amusantes, et jamais pour déguiser les personnages.

Changez un peu la forme de la ménippée, ce sera une comédie à la manière d'Aristophane. Les personnages sont tout prêts, et l'action est créée. Levons la toile.

J'aperçois d'abord le Charlatan espagnol jouant de l'orgue, pour attirer le peuple, et débitant son merveilleux catholicon. Écoutez comme il vante son électuaire souverain : «Ce n'est pas ici le sim-
« ple catholicon de Rome, qui n'a d'autre effet que d'édifier les
« ames, le catholicon qui n'est bon qu'aux politiques ; » le sien,
« c'est le catholicon espagnol, alambiqué, calciné, sublimé à To-
« lède dans le collége des Jésuites, et les bons pères y ont mis la
« main. »

Voyons, approchons-nous.

— Ça, maître Charlatan votre catholicon vaut-il le *pantagrue-*

lion de Rabelais? « cette herbe merveilleuse, l'effroi des larrons,
« qui maintient la paix de l'État, qui conserve le noble art d'im-
« primerie, tend les arcs, bande les arbalètes, et fait franchir la
« mer Atlantique? »

Que me parlez-vous de votre pantagruelion? « Avez-vous un
« royaume à envahir, un pays à ruiner, une armée ennemie
« à engourdir, un adversaire de vingt ans que vos armes ne
« peuvent vaincre, prenez une demi-drachme de mon catholi-
« con ! »

— Ah, Sire, excusez ma familiarité! je vous croyais à l'Escurial;
mais vous êtes partout en même temps, à Madrid, au Louvre, à
Rome, en Flandre. Pardon si j'ai parlé avec si peu de respect de
votre royal catholicon! je me repens, je reconnais sa puissance;
c'est un lotos miraculeux qui, comme celui d'Homère, fait oublier
la patrie et les devoirs.

Cependant le hérault d'armes appelle les États de la ligue. Voici
MM. les princes de Lorraine, MM. les pairs de la lieutenance et
les députés des trois États. On se place. Le lieutenant de la couronne se lève et prend la parole. Mayenne, en bon catholique,
n'a jamais voulu *attendre de trop près* le Béarnais hérétique, *ni le
voir en face, de peur d'être excommunié.* C'était faire preuve de
sens. Mais aujourd'hui quelque malin démon brouille ses idées,
et lui fait avouer tout ce qu'il voudrait le plus cacher. Il croit
parler de son dévouement à Dieu et à la sainte ligue ; le démon
indiscret change sa phrase, et Mayenne s'écrie qu'il a toujours
sacrifié la cause de Dieu à ses intérêts et à sa conservation. Cette
maligne intervention de la vérité vient sans cesse, à l'insçu de l'orateur, déranger ses paroles d'apparat. En même temps, comme il ne
sent pas quelle substitution de langage se fait dans sa bouche, il
garde sa contenance héroïque, et fait l'aveu de son égoïsme et de
ses passions d'un ton de dévouement et de solennité. Même
naïveté involontaire dans les autres orateurs: chacun découvre sa

pensée. Alors commence une scène inexprimable de confusion. Nommons un roi! qui? Mayenne? le duc de Mercœur? le jeune duc de Guise?

— Non; celui qui m'aidera à être cardinal! s'écrie l'archevêque de Lyon :

— Non; Guillot Fagotin! dit Rose le recteur de l'Université de Paris, « et pourquoi pas Guillot Fagotin? C'est un bon vigneron « et prud'homme, qui sait bien chanter au lutrin. D'ailleurs, il est « philosophe; car voilà trois ans que le bon homme, avec sa famille « et ses vaches, médite la philosophie dans la salle des thèses de « notre collége. » A ces mots, l'assemblée se lève en tumulte. On siffle, on applaudit; les huissiers s'enrouent à crier : Qu'on se taise! n'osant dire paix-là! de peur de passer pour des séditieux qui demandent la paix; enfin le légat, avec un peu d'eau bénite, apaise tout ce bruit, *comme on fait les frélons avec un peu de poussière.* Le calme renaît, et d'Aubray prend la parole.

Jusqu'ici la ménippée est bouffonne et satyrique. Elle va devenir noble et éloquente. D'Aubray est l'ariste de la pièce. Il ne craint ni les rodomontades espagnoles, ni les tristes grimaces des Seize, qu'il n'a jamais daigné saluer. «Il est ami de sa patrie, comme bon « bourgeois et citoyen de Paris; jaloux du maintien de la religion, « et serviteur, en ce qu'il peut, de la maison de Lorraine » Voilà le caractère de d'Aubray. Il forme un heureux contraste avec les passions de la ligue, qu'il gourmande d'un ton simple et énergique. Il a une sorte d'éloquence bourgeoise qui devient souvent sublime à force de naturel. Comme il fait justice des folies de l'union! de quelle main ferme et vigoureuse il démasque l'Espagne ! Tout à l'heure le cardinal Pelvé, en vrai courtisan de *Picrochole* (1), nous parlait de ce Philippe II qui *sue des diadèmes, et mouche des*

---

(1) Rabelais : Gargantua.

couronnes. D'Aubray mesure' hardiment *Picrochole*, et le géant diminue. Voyez comme il peint, en passant, *ces étrangers aboyant après nous, et altérés de notre sang ;* ce Mayenne qui n'aspire *qu'à filer long-temps sa lieutenance ;* Paris enfin, naguère florissant, aujourd'hui maigre et affamé, et que ne repaissent ni les *viandes en papier des faiseurs de nouvelles, ni les chapelets bénits du légat.*

Ce sont les États de la ligue qui font l'action principale de la ménippée. Ce sont ses orateurs qui en sont les personnages. Cependant ces personnages représentent quelque chose de plus que les vices et les ridicules des héros de la ligue. Prenez Rieux, l'orateur de la noblesse : voilà le seigneur de Pierre-Fond tel qu'il a vécu au 16ᵉ siècle ; mais ce n'est pas tout. Rieux, dans la ménippée, devient l'idéal du gentilhomme pillard. Tous les *tyranneaux* qui désolaient la France à cette époque ont fourni quelques traits à ce personnage : Rieux a fourni le nom et le profil. Car, par un art merveilleux, c'est le portrait de quelqu'un, et en même tems c'est c'est le type éternel d'un caractère. Même habileté dans le personnage de l'archevêque de Lyon ; il représente la passion du cardinalat : dans Mayenne, il peint l'égoïsme naturel aux princes. Enfin, sous les traits de chaque acteur, se trouve peinte une des passions de l'humanité. Chacun a une part de vérité contemporaine qui marque sa date et son nom, et une part de vérité abstraite et philosophique qui lui donne quelque chose d'éternel. C'est par là que la ménippée est autre chose qu'un admirable pamphlet ; car les pamphlets ne peignent des gens que le costume et les dehors. La ménippée, qui est une comédie, perce jusqu'à l'homme, et sous ses ridicules du jour, elle montre et fait ressortir les passions éternelles de notre nature.

Histoire.

Nous avons suivi la marche du parti politique, depuis sa naissance jusqu'au tems de la ménippée, qui fut l'époque de son triomphe ; il est temps de parler de son historien, le président de Thou.

Il appartenait au parti qui avait décidé des destinées du 16ᵉ siècle, d'en écrire l'histoire, de juger la révolution qu'il avait aidée à s'accomplir, et de faire éclater dans ses jugements, comme il avait fait dans ses actions, le vieil esprit français, l'esprit de mesure et de sagacité.

De Thou fait faire un grand pas à la science de l'histoire. Au récit diffus des chroniques il substitue le premier une narration claire et méthodique; il distribue les faits selon les règles de l'art et du goût; il intervertit au besoin l'ordre des années, pour suivre l'ordre des idées; il dessine des tableaux; il peint des portraits; ses réflexions sont mêlées à propos aux récits; il juge avec pénétration; il est grave, majestueux; enfin il imite la manière des historiens anciens, mais il ne va pas plus loin. Il ne cherche pas si, dans les temps modernes, avec la complication infinie de la politique, des finances, du commerce et de la littérature, l'histoire peut avoir encore ces formes de poëme épique qu'elle a dans l'antiquité, et si, pour décrire une civilisation nouvelle, il ne faut pas un art tout nouveau. En un mot, de Thou n'a pas l'idée de l'histoire philosophique, genre d'histoire qui n'a été connu que des modernes, et qui convenait à leurs vastes annales.

Avant d'examiner le caractère particulier du président de Thou, jetons un regard sur deux hommes qui, sans être historiens, ont décrit d'une manière remarquable les hommes et les événements de leur siècle : ce sont Brantôme et Montluc, tous deux gascons, tous deux de cette race d'hommes, hardis et délibérés, que la Ménippée a peints d'un trait en disant qu'ils *gagnent leur vie en une heure.*

Indifférent au vice et à la vertu, n'étant jamais ni surpris ni irrité d'un crime, Brantôme est le témoin qu'il fallait aux vices du 16ᵉ siècle; car il ne les dissimule pas par pudeur d'historien, il ne les exagère pas par indignation d'honnête homme. Aussi bien il semble n'avoir jamais su ce que c'est que le bien et le mal. Figurez-vous une conscience de gascon et de courtisan qui pense que, pour

faire fortune à la cour, il n'est pas toujours bon de distinguer le
vice de la vertu : voilà Brantôme. Du reste, hardi à se mettre en
scène, se faisant gloire auprès de la postérité de ses familiarités
avec les princes et les grands seigneurs, sans penser que les con-
fidences des grands marquent aussi souvent l'intimité de leur mépris
que de leur amitié. Tel qu'il est, Brantôme loue pourtant le chancelier L'Hôpital et le vieux connétable de Montmorency. Mais alors il
exprime l'estime de ses contemporains plutôt encore que la sienne.
N'étant pas homme à se sentir ému de lui-même à l'aspect de pareils
personnages, s'il les admire, c'est que le respect de son siècle les a
désignés à ses hommages. Pour reconnaître la vertu, il a besoin
qu'on la lui montre.

Montluc n'est pas moins gascon que Brantôme; mais son orgueil
est plus emporté et plus violent. Brantôme est un courtisan vaniteux,
Montluc est un soldat fanatique, un catholique ardent et passionné,
ne souffrant en France que son parti, et, dans son parti, n'admirant
qu'un homme, qui est lui. Henri II lui demandait un jour comment,
lorsqu'il était gouverneur de Sienne, il avait pu accommoder tous
les esprits. «Sire, lui répondit Montluc, avec son tour d'imagination
« vif et hardi, je suis allé un samedi au marché; j'ai acheté un
« sac, une petite corde, et un fagot. Rentré chez moi, j'ai demandé
« du feu pour allumer le fagot; après j'ai pris le sac, j'ai mis dedans
« toute mon ambition, toute mon avarice, toutes mes haines par-
« ticulières, ma paillardise, ma paresse, mon envie, mes partialités,
« bref, toutes mes humeurs et complexions de Gascogne. Puis j'ai
« lié la bouche du sac avec la corde, afin que rien n'en sortît, et
« j'ai mis le tout au feu. Alors je me suis trouvé net. » Montluc
n'employa pas le même moyen quand il se mit à écrire ses Mémoires,
et *ses humeurs de Gascogne* éclatèrent librement. Mais ne nous en
plaignons pas trop : ce sont les passions de Montluc qui font l'intérêt de ses Mémoires, et c'est son amour-propre qui en fait l'unité.
Il ne dissimule ni ses rigueurs ni ses cruautés; il avoue qu'il avait la

réputation *d'aimer à jouer de la corde;* mais il ne cherche pas à
s'en excuser, car il ne semble pas croire qu'il y ait là de la honte :
et le fanatisme des guerres civiles ôte à Montluc la conscience du
bien et du mal, comme la corruption du métier de courtisan l'ôtait
à Brantôme. Ainsi il écrit ses Mémoires *afin que les petits Montluc
se puissent mirer en la vie de leur aïeul,* n'ayant 'pas l'air de penser qu'il puisse jamais venir un temps où ce capitaine qui se glo-
rifie de marcher avec des bourreaux, en guise de laquais, et *d'at-
tacher aux arbres les enseignes de son passage,* où cet apôtre
impitoyable qui évangélise avec le fer et le feu, aura besoin pour
être excusé que la postérité tienne compte de la fureur des guerres
civiles et de l'emportement des haines religieuses.

Henri IV appelait les Mémoires de Montluc la bible des soldats.
Nulle part en effet n'éclate avec plus de vivacité l'ardeur de l'esprit
militaire. Montluc est-il au parlement de Bordeaux et de Toulouse,
il s'étonne de tous ces jeunes gens qui, à l'âge *où le sang bout dans
les veines, s'amusent tranquillement dans un palais. Serviteur des
dames quand il est de loisir, ayant le repos comme ennemi capital,*
il ne respire que la guerre et les armes. Quand il est à Rome, anti-
quaire à sa façon, il se fait montrer les lieux où s'étaient livrés tant
de beaux combats. Alors son imagination s'enflamme, et il lui semble assister aux batailles des vieux Romains. Puis, finissant par une
bravade gauloise, il ajoute *qu'il ne vit rien à Rome qui ressemblât ou
se rapportât à Camille.* Par ses passions et sa vanité, Montluc n'est
pas un historien et n'a jamais songé à l'être. Il n'a voulu que parler
de lui. C'est un romancier qui s'est pris lui-même pour son héros,
et qui, d'un style libre et hardi, avec une verve singulière d'imagination, chante les exploits qu'il a faits, et les exagère parfois, à
titre de poète et de gascon. Pour décrire le 16ᵉ siècle, agité de tant
de passions diverses, il fallait une noble et sévère impartialité,
également éloignée de l'insouciance du courtisan Brantôme et de
la violence catholique de Montluc. Personne n'était mieux fait pour

3.

cette mission que le président de Thou. Partisan des politiques, et magistrat, il a l'esprit de sagesse de ces hommes qui s'étaient placés entre toutes les factions pour les contenir, et il conserve, par tradition de famille et par état, ces habitudes de justice et de désintéressement nécessaires à quiconque juge les hommes, magistrat ou historien.

C'est ici le lieu de rendre justice à nos vieux parlements. Leur souvenir est notre patrimoine d'honneur, quand nous voulons nous enorgueillir de quelque autre gloire que de celle des armes. Il y a là des familles qui troublent et déconcertent jusqu'à l'admiration elle-même : tant on se trouve embarrassé de choisir entre tous ces aïeux, ces pères, ces fils, qui se transmettent de l'un à l'autre la vertu. Mais la grandeur de leur caractère n'est pas leur seul titre aux respects de la postérité; la gloire de leur vertu a fait tort à la renommée de leurs talents, et on n'a point dit assez quelle part ils ont eue à la littérature du 16ᵉ siècle. A cette époque, les lettres, qui n'avaient plus guère d'asile dans les monastères, trouvent dans les parlements des sanctuaires libres et indépendants. Il y a plus : formés de bonne heure, en rendant la justice, à l'esprit de régularité et de pénétration, nos magistrats mettent dans leurs recherches savantes plus de méthode et de clarté que les érudits de profession. Lisez les traités des Brisson et des Pithou. Ils n'ont pas ce fatras pédantesque et cette sorte d'érudition qui est pour la science ce que la chicane est pour la justice. On sent des esprits habitués à démêler et à saisir la vérité. Figurons-nous la vie de ces savants hommes, passant tour à tour de l'étude des lois de Rome à l'étude de sa littérature, s'instruisant avec ses jurisconsultes et se délassant avec ses poètes. Ils semblaient vivre tout entiers dans l'antiquité : aussi il ne tenait point à eux que le parlement de Paris ne fût un reste du sénat, et les avocats les héritiers des Cicéron et des Hortensius. Leur esprit oubliait involontairement la France; mais leur conscience s'en souvenait quand il fallait sauver la monarchie du joug des Espagnols. C'est à cette école de conscience, de justice et de vertu, que fut élevé de Thou.

De Thou raconte qu'en 1582, il vit Montaigne à Bordeaux. Essayons de nous figurer l'entrevue de ces deux grands hommes, si différents de caractère et de génie : l'un, savant sans être ennuyeux dans un siècle de pédanterie, sceptique et douteur dans un temps où l'on s'entr'égorgeait pour des opinions, un peu égoïste, et qui, à la vue de tous ces partis divers qui déchiraient la France, était tenté de n'embrasser que le sien, homme qui remuait tout, comme il le dit quelque part d'Aristote, mais sans rien renverser : l'autre, adorateur de l'antiquité jusqu'à en prendre la langue aux risques de sa gloire à venir, d'un caractère inébranlable, fidèle à ses rois, sans jamais faire mentir l'histoire à leur profit, pleurant leurs crimes, mais les jugeant, et consolé peut-être par l'espérance d'un roi meilleur qu'il voyait s'avancer du fond du Béarn à travers les malheurs et les persécutions. Montaigne, à cette époque, était déja célèbre. Il avait, dès l'année 1580, fait paraître deux livres de ses Essais. De Thou, de son côté, était déja connu parmi les savants du siècle comme l'historien futur de la France. Je m'imagine que Montaigne le reçut avec cette politesse aisée et facile, qu'il a si bien appelée la science de *l'entregent.* De Thou, à son tour, le complimenta sur son élection à la mairie de Bordeaux. « Oui, dit Montaigne, ces gens-ci m'ont élu à la
« mairie de leur ville, et je leur suis obligé de cette marque d'estime,
« n'était mon repos qui va être dérangé. Me voilà dans les affaires :
« forcé d'aller de l'un à l'autre, ordonnant, surveillant, trouvant
« partout des obstacles; il me faut me séparer en deux, le maire
« et Montaigne, moi qui, Dieu aidant, voulais vivre tout d'une pièce.
« Croyez-moi, monsieur de Thou, il faut se prêter aux autres et
« ne se donner qu'à soi-même. »

DE THOU.

« Vous m'effrayeriez avec cette maxime, moi magistrat et fils de
« magistrat, instruit de bonne heure à vivre pour l'État, et qui de
« plus songe à être historien. »

MONTAIGNE.

«Non equidem invideo, miror magis.»

« Je vous admire, et la fermeté d'ame est chose que j'aime,
« quoique je me sente plutôt porté vers le loisir et la commodité.
« Prenez garde seulement qu'en cette nouvelle charge, en dépit de
« toute votre prudence, vous n'ayez, comme moi-même dans ma
« mairie, bien des arrière-goûts d'aigreurs et d'amertume. Je ne sais
« qui a dit que le métier d'historien commence par l'envie, continue
« par le travail, et finit par la haine. »

DE THOU.

« Oui : mais je me souviendrai de mon métier de juge, et je lais-
« serai me maudire, tout à leur gré, les plaideurs qui perdront leur
« procès. Mon apprentissage est déjà fait, je rendrai la justice dans
« mon livre comme dans mon tribunal, cherchant, avant tout, la
« vérité, décidé à ne rien dire de faux et à ne rien taire de vrai. »

MONTAIGNE.

« Quelques amis m'ont voulu souvent embesogner de l'office
« d'historien; mais j'ai toujours dérobé mes épaules au fardeau,
« et je m'en applaudis, puisque c'est à vous qu'il est heureusement
« échu. Vous êtes de famille faite au tracas des affaires, et vous
« avez entendu dès votre berceau le bruit des procès. Mais moi, j'étais
« éveillé au son de la flûte, et jusqu'ici je me suis conservé vierge de
« querelles. Non que je n'aime beaucoup l'histoire: elle est bonne
« comme les voyages à frotter et à limer notre cervelle contre
« celle d'autrui; elle nous fait pratiquer toutes les grandes ames des
« temps passés; mais elle est dure à écrire, et surtout l'histoire
« contemporaine. D'ailleurs en fait d'ouvrage, j'ai l'haleine courte;
« et une narration étendue n'est point mon fait. Au demeurant, je
« me suis fait historien au petit pied. Je laisse aux autres le soin de
« coucher sur le papier le récit des guerres et des combats; je me
« retire et me renfonce en moi-même, je raconte mes pensées et

« mes sentiments, devisant sur l'homme qui est un sujet ondoyant
« et divers : voilà l'histoire, telle que je me la suis faite, taillée à
« ma mesure, n'ayant ni chronologie ni date ni patrie. »

Ces conseils sceptiques n'effrayèrent pas de Thou, et la France
et le parti politique eurent leur historien.

Montaigne semble appartenir aussi au parti politique. Soit pru- Morale.
dence de sa part ou amour du repos, soit qu'il y ait toujours dans
l'esprit le plus douteur un coin d'idées et de croyances où le raisonnement n'entre pas, ce sceptique n'aime pas qu'on remue les
lois de l'État et de l'Église. *Il est dégoûté de la nouveauté, quelque
visage qu'elle porte;* il ne veut pas même *qu'on fasse un choix et
un triage dans les croyances.* Le parti politique convenait de bonne
grace des abus de l'Église; Montaigne blâme cette impartialité dan-
gereuse, et prononce *qu'il faut se soumettre en tout à la police
ecclésiastique, ou s'en dispenser tout-à-fait.* Ainsi, l'hérésie ou l'ul-
tramontanisme : choisissez. Certes Bellarmin ne dirait pas mieux,
et ce serait injustice que d'accuser Montaigne de n'être pas bon
catholique.

Cependant, l'homme est un sujet si divers et si ondoyant que
je me défie encore du philosophe. Est-ce bien là le fonds de sa
pensée? Rouvrons les Essais; lisons-les au hasard; aussi bien c'est
ainsi qu'ils ont été faits; voyons : à chaque instant le philosophe
brise sa pensée et semble changer de doctrines. Pourtant, à travers
tous ces détours, le système de Montaigne se laisse entrevoir : c'est
une sorte de quiétisme politique et religieux, dédaignant les formes
des choses jusqu'à les maintenir : c'est l'indépendance de l'homme
et la liberté du philosophe, avec la soumission du citoyen et du
laïc. « Pourquoi changer les cultes et les gouvernements? Les
« choses, à part elles, ont peut-être leur poids, leur mesure et
« leur condition; mais au dedans, en nous, l'ame les leur taille
« comme elle l'entend. » Il y a quelque chose des doctrines du spi-
ritualisme indien dans ce scepticisme hardi, qui défend à l'homme

de prendre à cœur les lois et les institutions, comme n'étant que de de vains dehors; qui condamne d'avance l'innovation, qui autorise l'immobilité de la civilisation, et croit nous dédommager par je ne sais quelle liberté intérieure, qui n'a plus d'autre but qu'elle-même. En vérité l'ame serait un triste bienfait de la Providence, si égoïste et indifférente, comme la fait Montaigne, elle s'occupait de ses pensées, jusqu'à négliger ses actions. Elle manque à ses destinées, quand elle renonce à la société, quand elle se renferme en elle-même pour jouir solitairement de sa liberté et de son intelligence. Dieu nous l'a donnée pour animer le monde et pour travailler à l'œuvre de la civilisation. La liberté philosophique n'est sainte et respectable qu'autant qu'elle est la mère et la nourrice de la liberté religieuse, et de la liberté politique, qu'autant qu'elle vit pour leur rappeler sans cesse leur légitimité, et les affermir quand elles chancellent.

Cette indifférence dédaigneuse, cette impassibilité épicurienne de Montaigne, concilient toutes ses contradictions. Tantôt le gouvernement populaire lui semble le plus naturel et le plus équitable; tantôt il assure que *nous devons la sujétion et l'obéissance à tous rois également. Qu'importent en effet ces formes diverses? C'est à nous à nous en rendre compte.* A Paris, Montaigne eût été ligueur; à Genève, calviniste, et partout philosophe.

Le siècle de Montaigne ne comprit pas ce système d'insouciance hardie et profonde. Les esprits étaient enflammés de passions et et n'étaient guère disposés au quiétisme politique et religieux du philosophe: mais ses Essais marquèrent l'époque d'une révolution qu'il est bon d'expliquer.

Jusque-là la morale était du ressort du clergé, qui en avait fait une science sous le nom de casuitisme: science vaste et subtile qui suffisait à tous les scrupules des consciences timorées. Là, chaque sentiment avait sa règle, et le casuitisme se piquait d'enseigner à l'homme, article par article, ce que c'était que le bien et le mal. A force de raffiner, le casuitisme s'était égaré. Il avait ses sophistes

et ses corrupteurs, comme la philosophie; mais ses abus étaient plus
manifestes. En effet, quand une philosophie est pernicieuse, elle
pervertit l'ame tout entière, mais elle ne marque aucun crime qu'il
soit bon de commettre. Le casuitisme détaille une à une les occa-
sions de fautes et d'impunité, et sa précision, aussi funeste que
son indulgence, désigne le crime en même temps qu'elle l'ab-
sout. Déja, en Italie, Pétrarque, admirateur des anciens, avait commencé à affranchir la morale du joug du casuitisme. Montaigne en
France suivit son exemple, et acheva de séculariser la philosophie
morale; c'était un grand changement. A ces moralistes scholasti-
ques qui embarrassaient la conscience dans le labyrinthe de leurs
décisions, succédaient les philosophes de l'antiquité avec leur morale simple et élevée. Autrefois l'homme était protégé contre ses
passions par les précautions minutieuses de la théologie, et cette
prévoyance scrupuleuse l'entretenait de l'idée de sa faiblesse. Aujourd'hui ces entraves protectrices sont brisées. Il est laissé à lui-
même, et la philosophie lui ordonne d'essayer ses forces. Marche,
lui dit-elle, dusses-tu tomber! pour adoucir la mort, la religion en
avait fait une cérémonie qui avait ses prescriptions solennelles;
elle avait mesuré au détail de nos angoisses le détail de ses rites
consolateurs, et l'homme pouvait croire que, pour bien mourir, il
n'avait qu'à accomplir les pieuses observances du culte. Voici un
philosophe qui lui apprend que le jour de la mort *ce maître-jour, juge
de tous les autres*, a besoin encore d'une autre préparation, qui est
celle de la philosophie. Qu'est-ce à dire? Il y a donc une autre sorte
de constance que la fermeté chrétienne! il y a donc aussi une morale indépendante du culte! tel est le vaste problème que Platon
débattait il y a deux mille ans dans son Eutyphron, et que Montaigne débat de nouveau, mais sans avoir l'air d'y penser. Car qu'a-
t-il fait après tout? Il a regardé la mort d'un autre côté que les
théologiens. Voilà tout : et pourtant ce simple changement de point
de vue a changé tout l'horizon de l'homme. En effet la sécularisation

de la morale, et son affranchissement du casuitisme ecclésiastique, n'ont pas été une révolution moindre que la réforme de Luther, et ses effets, pour être plus lents, n'en ont été ni moins sûrs ni moins grands.

Philosophie. Attaquer le casuitisme, c'était attaquer les jésuites. Théologiens derniers venus, ils avaient raffiné, pour enchérir sur leurs devanciers, et ils avaient réussi à se faire des cas de conscience une sorte d'empire qu'ils réglaient à leur gré. L'émancipation de la morale menaçait leur puissance. Ils ne s'en prirent pas à Montaigne. N'ayant ni plan ni suite, les Essais ne pouvaient guère être accusés à titre de système: il n'y avait pas de corps de délit. Les jésuites attaquèrent l'élève de Montaigne, Charron, esprit aussi régulier, aussi méthodique que le génie de Montaigne était libre et capricieux. Charron, dans son traité de *la Sagesse*, ne professe pas une indifférence aussi hardie que son maître; il n'a pas son profond et incurable scepticisme. Cependant il mène aussi à l'insouciance par le stoïcisme. Mais ce qui le rapproche surtout de Montaigne, c'est qu'il enseigne comme lui une sagesse et une vertu séculière, c'est qu'il poursuit l'œuvre de l'affranchissement de la morale. Voilà l'innovation que maudit Garasse, esprit emporté et violent, mais qui ne manque pas d'une espèce de sagacité haineuse. Il s'indigne contre cette résurrection de la morale antique, contre ce stoïcisme païen, transporté dans la religion chrétienne, et contre *cette mélancolie qui se moque de tout par une gravité sombre et pédantesque.*

Cependant, en dépit des anathèmes de Garasse, la morale ne retomba pas sous le joug de casuitisme, et le 16e siècle la légua libre et indépendante aux écrivains de Port-Royal. Alors ces pieux moralistes la réconcilièrent avec la religion, sans asservir l'une à l'autre, et, disciples des pères de l'Église, annoncèrent la vraie morale chrétienne, qui n'est ni la morale de la sagesse antique, ni la morale de théologie scholastique.

Le 16e siècle fut une époque fatale pour la philosophie scolastique. Elle avait vu tomber son casuitisme chéri devant le génie de l'antiquité. Bientôt sa logique fut attaquée, et le péripatéticisme des écoles, qui ne ressemblait plus guère au péripatéticisme d'Aristote, fut abattu en Allemagne par Mélancthon, qui substitua Aristote à ses commentateurs infidèles, en Italie par les platoniciens de Florence, en France par Ramus au nom du bon sens.

Ramus, dans son quatrième livre des remarques sur Aristote, raconte avec un singulier intérêt de quelle manière il fut amené à secouer le joug : « J'avais passé trois ans et plus à étudier la « logique de l'école, j'étais maître ès-arts et docteur, quand je m'a- « visai de chercher à quoi me servirait cette science. Alors je me « remis à étudier les poètes et les orateurs, essayant de ramener « l'éloquence et la poésie aux règles de la dialectique. Vains efforts ! « Je reconnus, à mon grand étonnement, que ni Virgile ni Cicéron « n'avaient, en écrivant, tenu compte des lois d'Aristote. Enfin un « jour, lisant Galien, je vis que Galien appelait Platon le plus « grand des dialecticiens. Surpris de plus en plus, je commençai « à lire les dialogues de Platon avec cette nouvelle idée. Quel chan- « gement! ni règles subtiles, ni argumentation méthodique. So- « crate se contente de discuter avec bon sens, et de rappeler les « hommes à la liberté de jugement; il veut qu'on examine et qu'on « s'en rapporte à la raison plutôt qu'à l'autorité : et moi-même, « pensai-je alors, pourquoi ne pas *socratiser* un peu? » Ainsi Ramus cherche à délivrer le raisonnement des entraves de la dialectique. Il veut en revenir au bon sens et à cette logique naturelle qui n'est ni subtile, ni minutieuse, à cette logique dont l'homme suit les règles à son insu. C'est par là que Ramus est le précurseur de Descartes. Descartes, rejetant toutes les idées reçues, creuse jusqu'à ce qu'il trouve une certitude quelconque qui ne soit pas une autorité; et une fois qu'il l'a trouvée, il reconstruit sur cette base inébranlable l'édifice de la nature humaine. Ramus n'a pas cette

4.

pénétration et cette profondeur de pensées. Il a pourtant toute la hardiesse qu'il faut à un novateur. Il brise d'une main ferme les liens de la logique pédantesque. Il ne refait pas l'esprit humain, comme Descartes; mais il refait le raisonnement, et la raison peut travailler désormais sans craindre que l'instrument trahisse ses efforts. Ramus, en émancipant la logique, fit pour la philosophie ce que l'inventeur des télescopes fit pour l'astronomie: il ne découvrit rien, mais il prépara toutes les découvertes à venir.

Poésie. Nous avons suivi les transformations de l'esprit français à travers la politique et la religion, l'histoire et la philosophie. Voyons maintenant comment il se développe dans la poésie.

Il y a dans la poésie française au 16ᵉ siècle trois époques distinctes, et chaque époque a son école. Au commencement, l'école de Marot, héritier de Villon et de son genre d'esprit : cette école dure jusqu'au milieu du règne de Henri II. Alors naît une autre école, celle de Dubellay et de Ronsard, qui dure avec Desportes jusque sous Henri IV. Enfin Malherbe vient, qui, empruntant beaucoup à ses devanciers, rend à notre langue son tour et son génie original, c'est-à-dire quelque chose de clair et de précis, en même temps qu'il garde de Ronsard des habitudes de noblesse et de majesté, inconnues à notre langue avant le temps de François Iᵉʳ.

Cherchons à caractériser ces trois écoles, leurs fondateurs, et quelques-uns même de leurs disciples. Commençons par l'école de Villon et de Marot.

Villon fut pauvre et malheureux; mais sa vie et ses malheurs n'ont rien de grand ni de poétique. Peignez-vous quelque joyeux enfant de Paris, vivant au hasard, fripon, moitié par besoin et moitié par espiéglerie d'esprit, toujours entre la faim, la prison et la potence, sans jamais rien perdre de sa gaieté ni de son génie: tantôt poète délicat et gracieux; qui le croirait avec une telle vie ? tantôt satirique et moqueur: prenant parfois un ton de mélan-

colie qu'il interrompt tout-à-coup par une saillie ironique ou bouffonne; ici plaignant sa jeunesse passée à mal vivre, là décrivant
avec une sorte de trivialité énergique les *ordures* de sa vie, comme
s'il s'en indignait par un secret instinct de gloire; puis retombant
bientôt dans son insouciance moqueuse : tel est Villon. A voir sa
vie et le sujet de ses vers, rien ne répond si peu à l'idée qu'on serait
tenté de se faire du père de la poésie française. Holà! archers, où
conduisez-vous notre Homère? Au Châtelet ou à Montfaucon! voilà
son Parnasse ; et ne croyez pas qu'il s'en effraie : sa muse le suivra
jusqu'au supplice. Entendez cette ballade faite en nargue de la
mort. Son imagination court au-devant de son sort avec une espèce
d'insouciance mélancolique, et du haut de sa potence, *lavé de la
pluie, desséché du soleil, poussé çà et là par le vent, déja cendre
et poudre*, mais toujours poète, il décrit avec une verve effrayante
ces marques de sa destruction prochaine. Et ce n'est ici ni l'orgueil d'un stoïcien qui méprise la mort, ni l'insolence d'un ré-
prouvé qui maudit la justice. Villon n'a ni faste, ni endurcisse-
ment. Il meurt, comme il a vécu, sans réflexion et sans souci,
chantant son supplice et sa potence avec une sorte d'oubli et de
distraction poétiques, et ne se plaignant ni de la loi, ni des juges.
Il demande seulement par acquit de conscience, *à ses frères
humains qui vivent après lui,* qu'ils prient Dieu *qu'il le veuille
absoudre;* et s'ils s'offensent de ce nom de *frère dans la bouche
d'un homme occis par justice,* qu'ils se rappellent que tous les
hommes *n'ont pas le sens rassis,* et que lui surtout n'a eu de bon
sens que le peu que *Dieu lui en a prêté :* ajoutant, en satirique
incorrigible, qu'il n'a pu, et pour cause, en emprunter à ses
contemporains.

Au reste, avant de mourir, il a soin de faire ses legs : aux gens
de justice, ses mauvaises affaires; aux cabaretiers, ses dettes, et
c'est dire assez de quelle sorte; aux pauvres écoliers de Paris, son
diplôme de bachelier; aux joueurs, ses cartes et ses dés; à son

(3o)

procureur, en guise de paiement, une ballade, seule monnaie de bon aloi dont il ne fut jamais pauvre et son corps enfin *à notre grand-mère la terre*, plaignant gaiement les vers qui n'y trouveront pas *grande graisse :* tant la faim *lui a fait dure guerre.* Cependant les légataires de Villon attendirent encore quelque temps. Louis XI, dans un de ses jours de clémence, sauva de la corde le pauvre poëte prisonnier.

Avec toute cette gaieté moqueuse, Villon aime pourtant à s'entretenir de la mort et de la fragilité humaine, et même, chose singulière, une fois livré à ces idées, ce poëte satirique et libertin[1], semble ne plus pouvoir s'en écarter. Voyez de quelle verve il décrit la destruction de l'homme! Rien n'est oublié, ni *les sueurs* de la mort, ni *les frémissements,* ni *les veines qui se tendent,* ni *le col qui s'enfle,* ni *la chair qui s'amollit,* ni *le désespoir,* ni *le fiel qui crève le cœur,* ni *l'abandon des enfants, des frères et des amis ;* car

> ....qu'on soit Paris ou Hélène,
> Quiconque meurt, meurt à douleur!
> (avrc).

Qui parle ainsi? est-ce Bossuet avec sa tristesse chrétienne, Young avec sa douleur rêveuse, ou un pauvre prisonnier du Châtelet? Bientôt pourtant ses pensées semblent s'attendrir et prendre une teinte plus douce. Car il y a aussi dans Villon quelque chose de l'esprit des troubadours. Il songe à la beauté des dames, à leurs attraits si délicats : la mort! la destruction! voilà donc aussi leur partage. Alors, s'interrompant par une gracieuse ballade, il se demande où sont les beautés du vieux temps, et la belle *Héloïse,* et tant d'autres, et *Jeanne la bonne Lorraine;* car, soit tradition, soit reconnaissance, Villon met notre libératrice au rang des beautés de la France, et il se répond par ce refrain charmant :

> Mais où sont les neiges d'antan ? (d'avant cette année)

Enfant de Paris, Villon ne renie pas sa patrie pour aller chercher ailleurs des noms plus poétiques et plus beaux ; et sa muse, qui n'est ni dédaigneuse, ni prude, ne rougit pas de nos rues, de nos carrefours, ni même de nos halles. Lisez Villon ; les rues étroites et tortueuses de notre vieille Cité vont avoir leurs souvenirs et leur gloire. Ici, *entre deux ponts et près le palais*, c'est le théâtre des espiégleries du poète; plus loin, le Châtelet : respect à ses malheurs! Là, près *la fontaine Maubuée*, sa *belle heaulmière* (armurière), qui se demande, en pleurant, ce qu'est devenu *son front poli, son grand entr-œil et son regard joli;* car Villon n'est jamais longtemps sans penser au néant de la vie humaine et à la beauté des dames, qui est néant aussi, comme tout le reste. Ailleurs, voici le cimetière et le charnier des Innocents: là il s'arrête plus long-temps, Il contemple ces ossements, pêle-mêle entassés, autrefois seigneurs, dames, évêques, aujourd'hui poudre. Voici *des têtes*, qui, au temps de leurs vies, *s'inclinaient l'une vers l'autre, les unes maîtres, les autres valets!* puis, finissant en bon chrétien sa tirade philosophique, il s'écrie : *Plaise au doux Jésus les absoudre !* Telle est la tristesse de Villon. Ce n'est jamais une sombre rêverie ou une misanthropie mécontente. C'est plutôt par goût d'imagination que par réflexion chagrine qu'il moralise sur la mort. L'égalité du charnier des Innocents plaît à sa muse comme quelque chose de grand et de poétique : voilà tout. Car tout pauvre qu'il est, il n'a contre les grands et les riches ni envie, ni mauvaise humeur. Si, parmi les galants de sa jeunesse, les uns sont *devenus grands seigneurs et maîtres*, Dieu merci pour eux ! si les *autres mendient tout nuds*, qu'importe ? La mort viendra tôt ou tard; et lui, pourvu qu'il ait le temps de *faire ses legs et ses étrennes,*

Honnête mort ne lui déplaît.

Honnête! Il ne s'en fallut que de la clémence de Louis XI que ce vœu ne s'accomplît pas.

Le testament de Villon est le dépôt de ses pensées et de ses inspirations ; c'est en quelque sorte l'histoire de son imagination. Les *repues franches* sont l'histoire de sa vie. Triste différence ! il est encore gai et spirituel ; mais c'est souvent la gaieté et l'esprit d'un libertin ou d'un escroc racontant ses prouesses. Ne soyons pourtant pas trop sévères. Les *repues franches* ne sont autre chose que l'art de vivre aux dépens d'autrui. C'est ce qu'on appelle aujourd'hui l'art de faire des dettes et de ne pas les payer.

> Quand on n'a or, argent ni gage,
> Comment peut-on faire grand' chère ?

Voilà le problème que propose Villon, et c'est le même que travaillent à résoudre les enfants de famille du 19ᵉ comme du 15ᵉ siècle. Même solution aussi :

> Il faut qu'on vive davantage ;
> La façon est coutumière.

Ainsi, en fait de joyeuse vie, le fond des traditions ne change pas. A cette époque, faute de civilisation, il n'y avait point encore ces maximes d'honneur et de délicatesse sociale qui nous apprennent à faire la différence entre ce qui est une bassesse, et ce qui n'est qu'une espiéglerie. De nos jours, Villon aimerait encore la bonne chère et la joyeuseté ; mais il serait honnête homme. De son temps, le libertinage allant jusqu'à l'escroquerie, il ne sut pas s'en préserver.

Je ne me serais point ainsi arrêté sur Villon, si, par son ton de mélancolie gracieuse ou insouciante, il ne me semblait avoir un caractère à part dans notre littérature, et si, par son tour d'esprit, il ne représentait le génie libre penseur de notre vieille France, tel qu'il est dans les fabliaux et dans les romans des trouvères. Au milieu des troubles du 16ᵉ siècle, cet esprit d'examen modeste, cette raison pénétrante et paisible, enfin ce bon sens douteur et réservé, semblaient risquer de périr en s'enflammant des passions

de la réforme. C'était là son premier écueil : Marot ne sut pas l'é-
viter. Plus tard, par un juste retour, l'esprit français retourne au
catholicisme : telle est l'école de Ronsard, école toute catholique,
opposée, en religion comme en littérature, à l'école de Marot. Enfin,
quand la ligue veut soumettre la France au joug de l'ultramon-
tanisme, cet esprit, toujours indépendant, recommence à s'éman-
ciper avec Passerat, traverse en les inspirant les satyres de Régnier, et arrive enfin à notre Lafontaine, admirateur et partisan
déclaré de notre vieille littérature gauloise, naïf et malin comme
elle, le dernier de nos conteurs de fabliaux, et, par une transi-
tion toute naturelle, le premier de nos auteurs philosophiques.

Marot n'était pas fait pour vivre dans des temps de sectes et
d'hérésie. Poète ingénieux et galant, né pour chanter le charme
d'un doux *nenni*, il n'avait rien d'un sectaire. Aussi fut-il d'abord
protestant par bon ton, j'imagine, plus que par enthousiasme.
Comme, dans les premiers temps de François Ier, la réforme était
à la cour le parti des gens d'esprit et des jolies femmes, Marot
fut huguenot. A cette époque, la réforme en France n'avait pas
encore pris de caractère hardi et sérieux. On se moquait des moines,
on critiquait les abus de l'Église, on se raillait des richesses du
clergé, on préférait les savants du nouveau collége de France aux
vieux docteurs de la Sorbonne, on aimait l'imprimerie, on lisait les
colloques d'Érasme : voilà le protestantisme de la cour et de Marot;
espèce d'opposition maligne plutôt que de secte fanatique. Il y a,
sous ce rapport, entre le commencement du calvinisme et de la
philosophie du 18e siècle, une ressemblance frappante. Même sorte
de protecteurs et de partisans. Sous François Ier, le calvinisme est
pendant quelque tems la religion de la cour, comme, au temps de
Voltaire, la philosophie du 18e siècle est l'esprit des grands seigneurs
et du beau monde. Plus tard, quand le calvinisme et la philosophie,
avec l'âge, devinrent plus forts, même retour de sentiments, même
changement d'amitié en persécution.

Protestant par bon ton et par malice, Marot le resta par honneur, quand vinrent les jours d'épreuve. Alors il alla chercher un asile auprès de la duchesse de Ferrare, protectrice avouée des protestants. Mais ce ne fut pas sans regrets qu'il abandonna la France. En vain il veut s'armer de fermeté, et quitter sa patrie ingrate, comme on quitte une maîtresse infidèle, sans laisser voir ses chagrins ; en vain il dit qu'en la délaissant,

> Fort grand regret ne vint son cœur blessant,

L'amour de la patrie l'emporte et il s'écrie :

> Tu mens, Marot ; grand regret tu sentis !

Dans son exil, Marot suppliait François Ier de le rendre à sa patrie, à ses amis. Ne craignez plus ses imprudences. Il a vécu à Venise ; il y a appris deux mots de grand profit : défiance et silence. Il connaît maintenant l'art

> De parler peu et de poltroniser,
> Et d'un seul mot de Dieu ne deviser.

Enfin il obtient sa rentrée. De quelle joie il accourt ! Les Alpes, leurs rochers, leurs torrents et leurs neiges éternelles ne lui ont semblé que *printemps* et *verdure*. Il retrouva en France sa gloire, ses amis, et la faveur du roi ; il y retrouva aussi la haine de la Sorbonne, qu'il avait raillée, et le dépit de Diane de Poitiers, autrefois sa maîtresse et sa *dame*, et qui aujourd'hui, à titre de catholique ardente et de femme délaissée, avait à punir Marot d'une double apostasie. Forcé de s'exiler de nouveau, il se retira à Genève. Mais la liberté de ses mœurs et de son esprit ne pouvait guère s'accommoder de l'austérité genevoise. Il oublia qu'au-delà du Jura on appelait adultère ce qui en deçà s'appelait galanterie. Il quitta Genève et alla mourir à Turin. Avant sa mort, il visita le champ de bataille de Cerizolles. Pour un exilé, c'était une manière de ne pas mourir sans avoir revu la France.

Le caractère de la poésie de Marot, c'est surtout la grace et la délicatesse. Jamais, dans la raillerie, son ton n'est amer ni emporté. Il plaisante de l'Église et du clergé en réformé mondain plutôt qu'il ne l'attaque en prédicateur fanatique. Héritier de l'esprit libre penseur de Villon et de nos vieux auteurs, la liberté de sa vie se ressent aussi un peu des exemples de son devancier; mais son libertinage est plus élégant et plus poli. La civilisation a fait un pas, et la galanterie succède à la débauche. Marot, comme Villon, connaît les prisons du Châtelet; mais c'est tantôt pour avoir délivré un prisonnier, tantôt c'est comme hérétique. Avec un roi qui se consolait de la prison en songeant qu'il avait gardé l'honneur, Marot devait aisément obtenir grace pour des torts qui n'étaient pas des bassesses. D'ailleurs, comment résister à des prières faites avec tant d'esprit? C'est le roi, dit-on, qu'il a offensé en délivrant un prisonnier. Eh bien, sire,

> Vous n'entendez procès, non plus que moi.
> Ne plaidons pas, ce n'est que tout émoi.
> Au pis aller, n'y cherrait qu'une amende;
> Prenez le cas que je vous la demande;
> Je prends le cas que vous me la donnez.
> Nous sommes quitte.

Jamais procès n'a été mieux ni plus vite arrangé; et voilà comment Marot traite les affaires, toujours facile et accommodant, riche *tant que son argent dure*, ayant bon vouloir de payer ses dettes, et prêt, dit-il, à rendre tous les baisers qu'il a pris. Personne, avant Marot, n'avait donné l'exemple de ce tour d'esprit fin et spirituel. Il y avait avant lui de la naïveté, mais une naïveté simple et ignorante, qui semblait tenir surtout à l'enfance de la langue. Dans Marot, la naïveté devient de la grace, c'est-à-dire qu'elle ne s'ignore plus elle-même, et que, par une sorte de coquetterie permise, elle n'a plus seulement le don de plaire, elle en a aussi l'intention.

5.

Cependant, tout naïf et tout gracieux qu'il est, son ton s'élève parfois. Voyez dans son enfer, c'est sous ce nom qu'il décrit le Châtelet, comme il s'indigne contre la torture! comme il s'écrie avec attendrissement :

> O mes amis, j'en ai vu martyrer,
> Tant que pitié m'en mettait en émoi!

Hélas! en ces temps de troubles et d'hérésies, qui nous dira quels étaient ces malheureux torturés? Qui sait? Des huguenots peut-être que la torture va renvoyer catholiques et meurtris? Et toi, pauvre poète, ne tremblais-tu pas aux cris que poussaient ces martyrs? Car enfin, que diras-tu pour te protéger? Que tu es poète, que tu es connu d'*Orphée*,

> De maint· nymphe et mainte noble fée,

d'Apollon, des muses, plus encore, de Marguerite? Mais elle est absente;

> Elle va voir un plus grand prisonnier.

Marot est seul avec ses juges. Alors ce protestant tiède et mondain retrouve en face du danger toute la ferveur de sa foi. Quand il s'agit de la pureté des mœurs, sa piété chancelle; quand il y va de l'honneur, elle est inébranlable. *Peut-être son corps est-il destiné aux flammes?* Eh bien! il en bénit le ciel, et ne demande à Dieu que de lui prêter sa force au milieu des supplices, afin qu'il puisse invoquer son *saint nom jusqu'au dernier soupir.* Alors son ton s'élève; la langue elle-même, encore naïve et simple, semble suivre sans efforts cet élan, et prendre une noblesse et une force nouvelles pour répondre à l'enthousiasme du poète.

Mais quand elle n'est point soutenue par quelque grand senti-ment, la langue retombe dans sa faiblesse naturelle. De là la langueur de la traduction des Psaumes. Marot traduisit les Psaumes, comme Corneille l'Imitation de Jésus-Christ, par conscience plutôt

que par inspiration. Comme cette traduction était un coup de parti
pour les réformés, Marot l'entreprit. Mais qu'est-ce qu'un style naïf
et simple pour représenter la majesté des Écritures, la hardiesse
et la vivacité de la poésie orientale? Cependant, toute altérée qu'elle
était, cette poésie nouvelle enchanta d'abord la France. Roi, princes, courtisans, chacun avait son air et son psaume de prédilec-
tion, et les graves accents de la muse hébraïque retentissaient
parmi les plaisirs et les fêtes de la cour. Comme c'était une mode,
on oubliait que c'était une hérésie. Mais la faveur des psaumes fut
de courte durée. Le zèle des catholiques devenait de jour en jour
plus scrupuleux. Henri II était sur le trône, et avec lui Diane de
Poitiers, ardente catholique, qui servait au roi de maîtresse, de
ministre et de casuiste. L'école de Dubellay et de Ronsard commençait à s'élever. Quelque temps encore, et les psaumes de Marot
allaient être oubliés, à titre d'hérétiques et de surannés.

Jetons un dernier regard sur l'école de Marot. Voyons ce qu'elle
eût pu devenir et ce qu'elle devint dans ses disciples Théodore de
Bèze et Saint-Gelais. De Bèze n'est plus un frondeur mondain,
c'est un sectaire grave et enthousiaste, c'est le coadjuteur de Calvin et le second apôtre de la réforme en France. Il a, comme
Marot, cette heureuse clarté de style qui est le caractère distinctif
de notre langue. Mais cette naïveté enfantine, qui fait le charme de
la poésie de Marot et qui fait aussi sa faiblesse, commence dans
de Bèze à se changer en virilité: effet naturel de l'enthousiasme religieux et de la pratique assidue de la Bible. De Bèze montre ce
qu'eût pu devenir l'école de Marot si la réforme l'eût emporté en
France. Comme un des effets du protestantisme, partout où il a
prévalu, a été de populariser la Bible, la poésie, en s'ennoblissant
par son commerce avec la parole divine, n'eût pourtant pas cessé
d'être populaire. Ainsi en Angleterre, la langue poétique n'est pas
comme en France un langage à part. Grace à la traduction de la
Bible, le peuple est familiarisé avec le ton et le style de la poésie.

L'école de Marot finit à Genève avec De Bèze. En France sa destinée n'était guère plus heureuse. Saint-Gelais avait hérité de son maître Marot le goût de la satyre ingénieuse et pénétrante. Mais évêque et homme de cour sous Henri II, aux jours du triomphe du catholicisme, il émousse à dessein l'esprit libre penseur de son maître; sa moquerie n'a plus de portée. Dans Saint-Gelais, une partie des traits du génie de Marot, tout ce qui est indépendant, hardi et remuant s'adoucit et s'efface. Il ne reste que ce qui est naïf et gracieux. Encore, par un effet naturel de la décadence du maître au disciple, la grace et la naïveté de Marot se tournent souvent en afféterie. Il n'y a qu'un côté par où Saint-Gelais semble égaler Marot : c'est dans l'épigramme et dans le conte libertin. Car de l'esprit d'indépendance de son maître, ce qu'il conserve avec le moins de scrupules et de dangers, c'est le goût du libertinage.

C'était alors la mode de la chevalerie romanesque. Il y avait des passions imitées de l'amour des Amadis et des Lancelots, et déconcertées dans leurs projets de constance par la gaieté française et par la licence des temps. Les intrigues s'excusaient sous le nom d'aventures, et les bonnes fortunes sous le nom de récompenses et de *guerdonnements*. Saint-Gelais faisait les devises et rimait les cartels. Le matin, des cavalcades et des carrousels où chaque gentilhomme portait les couleurs de sa dame : le soir, tantôt des fêtes où se sollicitait le prix des prouesses du matin, tantôt la lecture des romans de chevalerie, où dames et seigneurs prenaient leçon de style amoureux. Ajoutez à ces galanteries chevaleresques l'afféterie de la pastorale italienne, qui s'introduisait à la cour avec Catherine de Médicis. Il n'y avait pas jusqu'aux mystères de la foi catholique que les poètes ne tournassent en fadeurs amoureuses. On faisait des madrigaux à propos des Martyrs; on excommuniait les beautés rebelles à l'amour; on inscrivait de petits vers sur les Psautiers des dames. Cependant ce catholicisme mignard était persécuteur, et cette cour de preux et de bergers romanesques allait

voir mourir Anne Dubourg, et la guerre civile s'allumer aux flammes de son bucher.

Sain-Gelais avait gardé de son maître les dehors du style, la naïveté et la clarté du langage; mais l'esprit et l'intention de l'école de
Marot étant perdus, ce n'était plus qu'une élégance stérile. La langue
et la poésie française ne pouvaient pas s'en tenir éternellement à ce
ton de naïveté et de badinage. Alors s'éleva l'école savante de Dubellay et de Ronsard.

Sous la discipline de maîtres infatigables, il s'élevait dans les
écoles une génération, pleine d'enthousiasme et nourrie dans
l'admiration de la poésie antique. Quand, au sortir des écoles,
ces jeunes nourrissons des muses antiques, encore tout récents de
l'entretien d'Homère et de Virgile, cherchaient la poésie française,
que trouvaient-ils? Une poésie naïve et piquante, un badinage ingénieux, de la malice et de la grace, mais ni force, ni grandeur,
ni majesté. Alors ils prirent en pitié le vieil esprit français, qui n'a-
vait encore inspiré que des ballades, des rondeaux et des contes.
Ils méprisèrent ce tour de style naturel, et traitèrent sa simplicité
de bassesse. Au lieu de tenter l'accord de l'érudition antique et de
l'esprit français, au lieu de prendre exemple sur Rabelais, qui
étudia l'antiquité et garda l'originalité gauloise, les réformateurs
imaginèrent de tout changer, le caractère de notre langue et de
notre littérature.

Dubellay commença la révolution, et son *illustration de la langue française* servit de manifeste à la nouvelle école : « Plus de
« cette poésie qui ne s'éloigne jamais de la commune manière de
« penser. Prenons l'essor, imitons l'antiquité, imitons l'Italie. »
Puis mêlant le ton du guerrier et du poète, avec une sorte de
patriotisme savant, « Marchons, s'écrie-t-il, marchons, et des dé-
« pouilles de l'Italie, comme nous l'avons fait plus d'une fois, ornons
« nos temples et nos autels! courons vers cette Grèce, vieille patrie
« de la poésie, et allons y retrouver les traces des Gallo-Grecs. »

Érudits dans un temps où l'érudition était en vogue, catholiques au moment où la réforme était proscrite, promettant d'enoblir la langue quand chacun sentait qu'elle avait manqué jusqu'ici de force et d'élévation, les réformateurs répondaient au goût et aux croyances de leur époque. Ils réussirent.

La nouvelle école prit surtout pour modèles la Grèce ancienne et l'Italie moderne. Voyons ce qu'elle fit, et comment, dans la poésie amoureuse, elle imita Pétrarque, et dans la poésie épique et lyrique, Homère et Pindare.

Au 16e siècle, la France emprunta à l'Italie son architecture et ses beaux-arts; elle imita sa poésie; nos rois cherchèrent à Florence des épouses, et envoyèrent leurs filles régner à Turin et à Ferrare: la guerre, la politique et la religion mêlaient sans cesse la France et l'Italie; cependant les deux nations gardaient l'une contre l'autre de vieux préjugés opiniâtres. Aux yeux de l'Italie et de ses hommes d'état, les Français étaient toujours ces peuples du nord, étrangers aux arts de la civilisation, et qui n'avaient d'autre génie que la force. En France, aux temps grossiers de Charle VI, la civilisation d'au-delà les monts, qu'introduisait à la cour Valentine de Milan, n'était rien moins que de la sorcellerie; et la magie seule expliquait à nos aïeux le pouvoir de cette femme, dont tout le charme était venir d'un climat plus doux et d'un pays plus policé. C'était ainsi que la France avouait, en la blasphémant, la supériorité de la civilisation italienne. Plus tard, même hommage jaloux, rendu encore à cette prééminence; mais ce n'est plus en l'accusant de magie : le reproche a changé de nom: en même temps il est devenu plus juste. Le génie de la civilisation italienne est traité d'esprit de ruse et de perfidie. Aux yeux de la France, l'Italie est le pays de la politique et de la déloyauté. Le 16e siècle imite les arts, la littérature de l'Italie; mais il méprise ses mœurs et son caractère. Ajoutez la haine qu'excitent sous Catherine de Médicis les Italiens qui viennent manier nos finances. Car c'était encore un des secrets de l'habileté des Italiens que de se faire passer pour grands financiers. Delà un nouveau motif de ressentiment, et des souvenirs d'animosité et de dédain, perpétués jusqu'à Mazarin.

Ce mélange de répugnance pour les mœurs de l'Italie, et de docilité à prendre exemple sur sa littérature, éclate dans Dubellay et dans Ronsard. Mais la nouvelle école, toute savante qu'elle était, ne comprit pas le caractère philosophique de la poésie amoureuse de Pétrarque.

Certes, l'amour de Pétrarque, toujours idéal et mystique, n'est guère l'amour d'Anacréon ou de Parny. Il ressemble plutôt à une idée qu'à une passion. En effet, tel était le caractère de l'amour au moyen âge. Des idées du banquet de Platon mêlées aux idées d'amour divin et du respect des femmes, il s'était formé un fond de doctrines tendres et élevées, une sorte de platonicisme amoureux qui s'alliait merveilleusement avec l'enthousiasme de la poésie. C'est cette philosophie idéale de l'amour qui inspire le Dante dans sa *Vita nova*, et Pétrarque dans ses poésies. Béatrix et Laure ne sont pas de pures visions; elles ont vécu, elles ont été aimées. Mais sous leurs traits adorés, la poésie personnifie la religion, la philosophie, la vertu, tout ce que l'ame enfin conçoit de pur et de céleste. L'amour, à cette époque, est la forme qu'a prise le platonicisme ; et c'est dans les sonnets du Dante et de Pétrarque que vit et que respire, sous l'emblème d'une passion, cette vaste et féconde doctrine qui a commencé avant Platon, et qui est plus antique que le nom même qu'elle porte.

L'école de Dubellay et de Ronsard ne démêla pas le double caractère de cet amour mêlé de passions et d'idées, né du platonicisme et du coup d'œil d'une femme. Elle ne vit dans Pétrarque qu'un poète amoureux; elle ne vit pas le poète platonicien : aussi elle ne prit de lui que la subtilité et la recherche. De là, la froideur et la monotonie des amours de Dubellay, de Ronsard et de Desportes. Ils ont beau changer de maîtresse à chaque livre, et passer de Diane à Cléonice et de Cléonice à Hyppolite; ils ont beau même avoir un livre entier d'amours diverses : toutes leurs maîtresses se ressemblent, car elles ont toutes *l'éclat du soleil et des astres.* Il y a une sorte de modèle commun qui sert à chaque poète pour peindre sa dame. Il y a des règles sacrées qui décident de l'air et de l'expression de chaque trait. Les cheveux sont *blonds ou bruns* à volonté; mais ils doivent être *tressés,*

> Et servir de liens pour retenir les cœurs ;

Le front *doit être uni comme un beau lac.* Les yeux sont bleus ou bruns, quelquefois noirs, mais c'est une exception. L'oreille *est petite, entre blanche et vermeille,* la joue *fosselue,* le teint de la *couleur du crépuscule,* les doigts *longs et polis,* les ongles brillants, *et comme des perles.* Voilà le type des beautés du 16e siècle; voilà quelle est la Cassandre de Ronsard, l'Olive de Dubellay, et la Diane de Desportes.

Ce jargon romanesque eût perdu l'amour, si l'amour n'était pas la plus naturelle de toutes nos passions. Il est souvent plus vrai que son langage. En effet, quand le goût d'un siècle est mauvais, la poésie amoureuse devient subtile et recherchée. Mais entre amants la passion surmonte et corrige l'affectation du style. Ainsi, quand Henri IV répétait à Gabrielle un sonnet de Desportes, le sonnet changeait d'expression; il devenait vrai et naturel dans la bouche du Béarnais.

Cependant ce pétrarquisme bâtard fatigua ses inventeurs même. Bientôt Dubellay et Ronsard se moquèrent de ce jargon amoureux qu'ils avaient accrédité, et de ces soupirs poussés vers des beautés imaginaires. Dubellay chante l'amour tel qu'il se faisait chez nos bons aïeux, qui

> Pour en parler n'apprenaient pas Pétrarque ;

et à la différence de ces amants toujours prêts à mourir pour leur dame, il avoue gaiement qu'il veut vivre *frais et dispos* pour la sienne.

Ronsard va plus loin : dans son humeur sceptique et moqueuse, il ose
mettre en doute la vertu de Laure ; car c'est grande folie, dit-il, d'aimer sans avoir rien. Ronsard, qui avait été page, se souvient parfois de
son ancien métier ; et même, qui le croirait? ce poëte pédantesque,
cet imitateur de Pindare, c'est dans la poésie légère et gracieuse
qu'il réussit le mieux. Effet remarquable de ce qu'on appelle le
génie d'une langue! L'emphase lyrique et le jargon sentimental per-
dent Ronsard: car la pompe et la recherche de sentiments répu-
gnent au caractère de notre esprit et de notre langue. Mais quand,
dégoûté de ces fadeurs langoureuses, il revient aux amours de bon
sens, alors la langue semble se reconnaître : elle est comme rentrée
dans sa patrie, et le génie de Ronsard n'est plus ni contraint ni ridicule, il est libre et gracieux. Essaie-t-il même quelques hardiesses,
la langue s'y prête de bonne grace; car elle ne demande pas mieux
que de se parer et de s'embellir : mais elle ne veut pas être affu-
blée d'habits d'emprunt qui la cachent et la défigurent. Elle cède
à une douce *main-forte* (1) ; elle résiste à la violence et à la ty-
rannie.

Mais la nouvelle école ne goûtait pas ces timides ménagements.
Hardis novateurs, ils disposèrent en conquérants de la langue et de
la littérature. Ici, la phrase française était disloquée pour s'étendre
à la mesure de la phrase grecque et latine; là, ses membres se roi-
dissaient à grand' peine pour prendre une allure majestueuse. Le
doctime Baïf (2), rejetant l'usage suranné de la rime, pliait la poésie
sous le joug du rythme des Grecs et des Latins. Ronsard, bon gré
malgré, asseyait le génie français sur le trépied lyrique, ou le for-
çait, encore tout essoufflé d'enthousiasme, à emboucher la trom-
pette épique. Marot disait qu'il fallait raboter *les gros nœuds de
la langue;* car c'est par là, en effet, que pèchent nos vieux au-

_____

(1) Expression de Ronsard.
(2) Docte, doctieur et doctime Baïf. — Vers ironique de Dubellay.

teurs. Leur style est *noueux*. Aux nœuds de la vieille phrase gauloise, les réformateurs crurent faire merveille de substituer la complication savante de la phrase grecque, et d'habiller une langue
encore enfant de la robe flottante et de la toge majestueuse des
langues antiques. De là ce langage à longs plis où leur pensée s'em-
barrasse, et cette diffusion de style qui est un des traits caracté-
ristiques de Dubellay et de Ronsard. C'est même là le défaut particulier de cette école. Lisez Desportes et Bertaud, lisez surtout les
derniers héritiers de Ronsard, les Chapelain et les Scudéry; partout cette diffusion de style, partout ces phrases qui s'étendent
et s'allongent péniblement. Quand le génie de Corneille s'endort,
c'est encore par ce défaut que sa faiblesse se révèle. Chapelain et
Scudéry n'ont plus le faste pédantesque des grands mots de Ronsard; mais ils ont encore sa phrase lente et compliquée. Malherbe
n'avait vaincu qu'à demi; il avait commencé à rendre à la langue
la netteté et la précision qui sont naturelles à son génie. Mais pour
s'achever, cette réforme attendit jusqu'à Boileau, et le tour de
phrase de Ronsard vécut jusqu'au style de Racine. Voilà ce qui
explique les commencements de la poésie au 17e siècle, et son
genre de faiblesse, qui est la faiblesse de la caducité plutôt que de
l'enfance. Scudéry et Chapelain ne sont pas les devanciers de Boileau et de Racine; ce sont les survivanciers de Ronsard. Il n'y a
dans leur poésie rien de jeune, rien qui sente une école qui naît et
qui commence : tout est marqué, comme dans une école qui meurt,
du signe de la décadence et du dépérissement.

Nous avons vu quelle était l'école de Dubellay et de Ronsard, et
quel est son caractère principal, l'imitation aveugle de l'antiquité
et de l'Italie, jointe à l'ignorance ou au mépris de la nature de notre
langue et de notre esprit. Elle a aussi son caractère politique:
c'est la répugnance pour la réforme et le zèle pour le catholicisme.

Dubellay, à son retour de Rome, avait jeté, en passant, quelques traits contre Genève : c'était attaquer la Mecque du calvinisme. Mais Dubellay s'en tient à la moquerie. Ronsard est plus ardent. C'est d'une *plume de fer*, dit-il, qu'il veut tracer les malheurs de la France et les crimes de la réforme. Il demande avec colère quelle est cette doctrine prêchée à coups d'épée, quel est

Ce Christ empistolé, tout noirci de fumée!

et alors, invoquant contre l'hérésie les magistrats pour la punir, la noblesse pour la combattre, criant aux soldats de marcher et d'avoir *bon cœur, bonne main, bonne poudre et bon plomb*, il implore Dieu d'un ton enthousiaste et guerrier. Le catholicisme de Ronsard n'est pourtant pas une foi aveugle : ce n'est point un fanatisme de ligueur. Ronsard tient au parti politique; il maudit le protestantisme; il raille l'austérité fastueuse des ministres. Mais en même temps, il blâme avec force les torts de l'Église romaine; il s'indigne de ces jeunes évêques qui ne se soucient de leur *troupeau que pour en prendre la laine*, et de ces prélats parfumés qui dédaignent de prêcher le peuple.

Habituée à combattre sur le champ de bataille comme dans les colloques, la réforme ne recula pas devant Ronsard; mais, chose remarquable, et qui prouve quelle était la domination qu'il exerçait sur son siècle, la réforme, en attaquant sa foi et sa conscience, respecte son génie. Elle s'écrie que c'est un athée, un idolâtre; mais elle n'ose pas dire que c'est un mauvais poète; et ces huguenots indépendants, qui soumettent à l'examen de la raison l'antique autorité de l'Église, s'inclinent devant l'infaillibilité du génie de Ronsard. Les poètes du calvinisme ne songent pas à opposer la vieille école de Marot à la nouvelle école. Au contraire, ils se font gloire d'imiter le style de leur adversaire, au moment même qu'ils s'élèvent contre lui. Aussi, dans sa réponse, voyez de quel ton de maître il gourmande ces poëtes, qui, de ses écoliers, se faisaient ses ennemis,

> Et le dos tout courbé du fardeau du larcin,

venaient lutter contre lui.

> Vous êtes mes sujets, je suis seul votre roi,

s'écrie-t-il; et ce ne sont pas ici de vaines paroles d'orgueil. Il régnait en maître sur son siècle; c'était la gloire de la France et l'envie de l'Europe. Déja, dans les universités d'Allemagne et d'Angleterre, on expliquait tantôt Homère, et tantôt Ronsard. Muret commentait ses amours. Élisabeth s'enorgueillissait de ses éloges, qu'elle payait d'un diamant. Marie-Stuart, au fond de sa prison, se sentait consolée en voyant quel souvenir Ronsard lui gardait, et elle récompensait ses vers d'un simple remerciement, plus cher mille fois à la loyauté amoureuse du poëte que les présents d'Élisabeth. Pardonnons-lui si, sur la foi de ses contemporains, il a trop cru à son génie et à son immortalité. L'avenir lui a fait payer cher la gloire que crut lui donner son siècle. Un jour, un jeune poëte italien, qui voulait faire un poëme épique, vint, en tremblant, demander conseil au chantre de Francus. Ronsard accueillit le jeune homme, et jeta un regard favorable sur ses essais. Voyez les caprices de la postérité! Il y avait là deux poëtes épiques, l'un déja grand et admiré, l'autre jeune et inconnu. C'est le plus jeune et le plus obscur qu'elle a choisi, et dont elle a conservé le nom en le changeant; car quand il vint voir Ronsard, il ne se nommait encore que *Messer Torquato Tasso*, et depuis la France l'a appelé le Tasse.

Parmi les poëtes de l'école de Ronsard, il n'y en a que deux qui nous occuperont : l'un, plein de force, d'énergie et d'enthousiasme, mais qui enchérit sur son maître et poussa jusqu'à la rudesse l'audace du style de Ronsard, c'est d'Aubigné : l'autre, qui effémina la poésie, moins hardi que Ronsard à créer des mots, mais comme lui ignorant le génie de notre langue, et qui, à la diffusion de son maître, ajouta la mollesse de son style : c'est Desportes.

A ne juger le 16ᵉ siècle que par ses dehors d'agitation, aucun homme ne le représente mieux que d'Aubigné. Jeté dès sa naissance au milieu des guerres civiles, il est à la fois guerrier, poète, négociateur, théologien, historien et romancier. Il a enfin toutes les passions et tous les genres de talents de son siècle. Mais aussi personne n'a moins que d'Aubigné ce bon sens de l'esprit français qui sauva la religion et la royauté des folies de la ligue et des innovations du calvinisme. Il porte tout à l'extrême. Guerrier infatigable, historien emporté, satyrique amer et violent, c'est un huguenot inflexible qu'indigne la conversion de Henri IV ; c'est un poète rude et fier qui méprise la politesse et la *mignardise* du siècle. Jamais un sentiment tendre ou gracieux, jamais de vers d'amour ou de plaisir ; partout un enthousiasme farouche. Ce n'est point un poète qui aille rêver doucement au fond des bois et aux bords des ruisseaux. Voyez comme il court à la tranchée, comme il pousse son cheval au milieu de la mêlée : voilà où il cherche ses inspirations. A cette vie de combats et d'aventures, ajoutez l'ardeur de l'enthousiasme religieux et l'étude de la Bible. De là cette poésie belliqueuse et fanatique ; de là cette sombre exaltation. Ce n'est point un satyrique qui se moque des vices contemporains ; c'est un prophète accusateur. Vainement il a voulu, « comme Jonas, se « dérober à sa terrible mission ; Dieu l'a tiré du milieu des ba- « tailles et des persécutions ; Dieu l'a pris pour son interprète et « son vengeur. » Honte aux poètes dont la langue n'ose pas porter

Cet épineux fardeau qu'on nomme vérité.

C'est à lui, dût-il périr, d'annoncer les jugements de Dieu. Voici le jour suprême ! Voici les martyrs et les persécuteurs ! Venez,

saintes victimes, réunissez vos cendres jetées au vent, et que « Dieu
« n'a pas laissées stériles : l'air les a répandues par toute la France
« comme des semences de foi et d'enthousiasme. » Ailleurs, ces
tombeaux de marbre qui se brisent, ces chapelles qui s'écroulent
et leur pavé qui s'entr'ouvre, c'est la cour des Valois qui sort du
sépulcre, bourreaux, mignons, pêle-mêle confondus. Voyez comme
ils cherchent à se cacher, comme ils « essaient de joncher encore
« de fleurs leurs palais teints de sang; mais les fleurs se sèchent,
« et l'odeur du sang s'exhale : comme ils font taire ces instruments
« homicides qui mêlaient leurs concerts aux hurlements de la Saint-
« Barthélemy. Vains efforts! chaque élément, avant de rentrer au
« chaos, vient déposer contre les persécuteurs de la foi ! Pourquoi,
« dira le fer, m'avez-vous fait servir à vos vengeances ?

> ....Pourquoi, diront les eaux,
> Changeâtes-vous en sang l'argent de nos ruisseaux ?

En vain, pour échapper à Dieu, ils appellent la mort. « A ce
« dernier des jours, la mort est elle-même morte; plus de poignard
« qui tue, plus de poison qui détruise, plus de peste qui prenne pitié
« de leur désespoir; et quand ils invoquent l'enfer, ils ne trouvent
« dans l'enfer même

> Que l'éternelle soif de l'impossible mort.

Telle est la poésie de d'Aubigné, grande et toute extraordinaire,
pleine de verve et d'imagination, espèce de satyre biblique, et qui
respire le génie d'Ézéchiel plutôt que l'esprit d'Horace.

Desportes fait un singulier contraste avec d'Aubigné; sa vie est
tranquille et calme, sa poésie douce et molle. A huit ans, d'Aubigné,
passant par Amboise, voit des têtes de huguenots attachées à la
potence, et entend son père qui, sous peine de malédiction, lui
ordonne de venger le meurtre de ses frères. Voilà ses premières
impressions; voilà le premier enseignement qu'il reçoit. Desportes,

au contraire, passe sa jeunesse dans les loisirs de l'étude. Poète de cour et favori de Henri III, qu'il accompagne en Pologne, il maudit, moitié par amour de la patrie, et moitié par esprit de courtisan, ce pays barbare où son maitre se trouvait moins roi qu'exilé. Enfin, il revient avec Henri, chante ses mignons, rime des sonnets pour Diane, pour Hyppolite et pour Cléonice, devient un riche abbé, et laisse doucement couler sa vie, ayant gloire et fortune, sans ressentir des guerres civiles ni peine, ni malheur, ni passion.

Nous allons quitter l'école de Ronsard. Nous allons retrouver avec Régnier ce vieil esprit français que Ronsard n'avait pas pu empêcher de percer encore çà et là dans ses épîtres et dans ses odes familières, et qui, plus libre, va marquer sa restauration par la satyre. Nous allons revenir avec Malherbe vers le génie de notre langue, vers sa précision, sa clarté et sa cadence naturelle. Mais avant d'abandonner cette école qui changea si témérairement la marche de notre poésie, disons rapidement ce qu'elle eut d'utilité; car enfin, quelles que soient ses erreurs, elle a contribué, pour sa part, à l'éducation de notre littérature.

Ronsard, en voulant rehausser le ton de la poésie, avait pris l'emphase pour la noblesse; mais il resta quelque chose de ses efforts : et comme l'alchimie, toute folle qu'elle était, avait profité aux sciences, le style de Ronsard, tout guindé et tout téméraire qu'il est, profita à la langue. Quand la poésie trébucha de la hauteur où elle s'était emportée, elle ne tomba pourtant pas jusqu'au point d'où elle était partie, et sa chute la laissa plus haute qu'elle ne l'était avant son essor. Il resta aussi du zèle et de la ferveur pédantesques de Ronsard le goût de l'antiquité. C'est l'antiquité qui servit encore de modèle au 17ᵉ siècle. Mais, sans l'admirer moins, il l'imita autrement, et son jugement exquis marqua ses emprunts au coin du génie français. C'est par là qu'il s'appropria cette antiquité que l'école de Ronsard n'avait su que contrefaire.

Régnier n'eut pas la prétention de renverser cette école ou de
faire secte. Neveu de Desportes, admirateur de Ronsard, c'est à son
insçu qu'il est réformateur; et c'est par instinct plutôt que par
préméditation qu'il s'éloigne de la pompe et de l'emphase de ses
devanciers. La liberté de son caractère et la gaieté de ses mœurs
ne le disposent guère non plus aux passions romanesques. Il sait
ce que c'est que les pensées de jeunesse et d'amour : il aime, mais
il aime souvent; c'est là son défaut. Surtout ne lui demandez pas

. . . . . . Ni comment, ni pourquoi, ni quand c'est;

car il n'en sait rien, sinon qu'il aime. Régnier tient de l'école de Villon:
non pas, à Dieu ne plaise, qu'il pratique l'art des *franches repues*; il
n'a jamais vu le Châtelet que *du dehors , sans plus:* mais il y a dans ses
vers la marque du vieil esprit français, tel qu'il était avant Marot et la
réforme, indépendant et mesuré, ennemi des préjugés, hardi contre
les ridicules, mais sans jamais nommer personne, et n'étant enfin
d'aucune secte ni d'aucun parti. Tel est le genre de la satyre de
Régnier: il met en scène les défauts de l'humanité: se reconnaîtra
qui voudra. C'est le fâcheux, le parasite, le bavard ; toujours des
caractères, jamais de personnages vivants. Parfois des noms imaginaires, Chupin le jaloux, ou Rison l'usurier, noms aussi innocents
que les Alcandre ou les Orgons de notre théâtre. En un mot, Régnier est un moraliste encore plus qu'un satyrique.

Aussi ne cherchez pas dans ses satyres la peinture des vices du
16ᵉ siècle; il se joue parfois de ces jeunes seigneurs qui ne par-
lent que par exclamations, qui

• Disent cent et cent fois, *il en faudrait mourir !*

« relèvent leur cheveux, mordent un bout de leur gant, rient hors
« de propos, pincotent leur barbe, et se carrent sur un pied. » Je
reconnais à ces traits un petit maître du 16ᵉ siècle. C'est le baron de

(51)

Feneste, quand, au Louvre, « il descend entre les gardes, salue l'un, dit
« un mot à l'autre, puis démène les bras, branle la tête, change de
« pied, et peigne d'une main sa moustache. » Voilà les ridicules du
temps; mais où sont les vices? Ces nobles qui, ville à ville, et châteaux à châteaux, ont vendu son royaume à Henri IV, ces anciens
ligueurs qui font parade de fidélité, et prétendent enseigner aux
compagnons d'armes du Béarnais comment ils doivent aimer le
Roi, cette coterie de la Reine, ce parti italien qui comptait la mort
d'Henri IV parmi ses espérances, voilà des héros de satyre. Mais
Régnier se tait. Aussi bien quand le vice touche au crime, il commence à n'être plus du ressort de la moquerie, et il n'y a plus
que l'implacable satyre de d'Aubigné qui suffise à de pareils cou-
pables.

Régnier n'ose pas lancer ses traits si haut. Il laisse à d'autres
l'éclat et les dangers de la satyre politique, et s'en tient au ton de
la satyre bourgeoise, tantôt raillant l'orgueil présomptueux des
nouveaux docteurs, sans toutefois nommer Malherbe, tantôt met-
tant en scène sa fameuse Macette. Disons un mot de Macette. Nous
comprendrons mieux quelle idée Régnier se fait de la satyre, et de
quelle manière il conçoit ses personnages. Macette est hypocrite,
elle affecte la dévotion.

Son œil tant pénitent ne pleure qu'eau bénite.

Mais ce n'est pas là son caractère particulier. Elle est vieille
et entremetteuse, voilà son personnage, voilà comment Régnier a voulu la peindre. Elle a des traits de ressemblance
avec tartuffe; mais c'est seulement par cet air de parenté
qu'ont entre elles toutes les sortes d'hypocrisies; car, à la fin
du 16ᵉ siècle, tartuffe n'était pas né. Molière en, effet, a marqué son dévôt d'un tel cachet de vérité, qu'il fait l'effet d'avoir
vécu. Il a son époque et presque son année de naissance. Il est

7.

né sous la domination tranquille et absolue du catholicisme et de Louis XIV : car qu'eût-il fait auparavant? les hypocrites n'arrivent jamais qu'après la victoire. Au 16ᵉ siècle, il y a des fanatiques, il y a des ligueurs : mais tartuffe ne naît pas sitôt, et, en maître habile, pour prendre *ses roulements d'yeux et son ton radouci*, le pauvre homme attend que la ferveur du catholicisme ne risque plus de passer pour un arrière-goût du levain de la ligue. Ainsi tartuffe, quoiqu'il soit le type éternel de l'hypocrisie, est en même temps un portrait d'histoire, qui a son époque. Il n'en est pas de même de Macette. C'est un personnage qui n'a ni nom propre ni date historique, et qui ne cause aux contemporains ni embarras ni frayeur.

Il se fait à cette époque un changement remarquable dans l'état de la littérature. Long-temps mêlée aux agitations de la politique, elle commence à rentrer en elle-même. Marot, Dubellay, Ronsard ressentaient malgré eux le contre-coup des passions de leur siècle. Ils étaient poètes, mais ils étaient aussi quelque chose de plus, ils étaient réformés ou catholiques, et ils marquaient leurs ouvrages du signe de leur foi. Sous Henri IV, tout change. Comme les passions s'apaisent, les lettres commencent à ne plus s'occuper que d'elles-mêmes, et à prendre ce caractère d'indifférence et d'abnégation politique qu'elles gardèrent jusqu'au commencement du 18ᵉ siècle. La littérature semble ne plus se faire d'autres intérêts que l'étude et que l'art. Elle laisse aux rois le soin de gouverner l'État, et ne se réserve d'autre mission que d'éclairer doucement l'esprit humain, sans l'agiter. Jamais plus de repos ne succéda soudain à plus d'agitation. Tout à l'heure encore, Ronsard enflammait les esprits du feu de la religion; d'Aubigné, tout chaud du combat, maudissait les persécuteurs de la foi; la Ménippée perçait de ses traits de satyre les ligueurs échappés au glaive d'Henri IV ; et à présent Régnier chante un festin ridicule et la querelle de ses hôtes; Malherbe polit une ode pour consoler un peu tard la douleur de Duperrier. La gaieté insouciante de la satyre, les minuties du style, voilà la littérature qui termine le siècle de la Saint-Barthélemy et de la ligue! singulier changement dont il ne nous sied pas d'être trop étonnés. Car nous aussi, nous avons vu une littérature élégante et paisible, une poésie savante et industrieuse succéder soudainement au tumulte des révolutions et aux fureurs des partis.

Le caractère de Régnier et celui de Malherbe, tout différents qu'ils étaient l'un de l'autre, convenaient également à cette nouvelle condition de la littérature. Ils étaient faits tous deux pour être ce qui va s'appeler dorénavant des hommes de lettres. Régnier, insouciant par caractère, ami du plaisir, et qui vivant sans *nul pensement*,

> Se laissait aller doucement
> A la bonne loi naturelle;

qui, excusant ceux qui n'étaient ni toujours vertueux ni toujours libres, avait pour maxime

> ....Qu'étant homme, on ne peut
> Ni vivre comme on doit, ni vivre comme on veut,

Régnier s'accommodait aisément d'un genre de vie obscure et commode. Cette espèce de caractère et de vie a fait long-temps école parmi nos gens de lettres. Ce sont ces vieilles traditions d'indépendance privée et d'insouciance politique, que gardaient encore au 18e siècle les Piron, les Lesage et les Collé, ennemis de Voltaire et de son école.

Malherbe n'a pas cette heureuse joyeuseté de caractère. Il n'a rien de familier ni de bourgeois; et quand je me l'imagine, je me représente quelque personnage à la mine froide et sévère, mêlant le gentilhomme et le pédant. Son génie roide et dédaigneux convient au rôle qu'il s'est fait de réformateur de la poésie. Malherbe ne s'inquiète guère des destinées de l'État et de la religion, il ne songe qu'aux destinées de la langue. C'est elle qu'il veut régler. Qu'Henri IV tombe sous les coups de Ravaillac, il ne s'agit que du salut de la France, Malherbe se tait. Mais qu'il paraisse un sonnet d'un style pédantesque et barbare, alors sa colère s'enflamme; alors il s'indigne, car il s'agit du salut de la poésie française. Qu'importe au bon Régnier et à Malherbe que la littérature ne joue plus de rôle dans l'État? Il n'en reste à l'un que plus de temps à donner aux plaisirs de la vie et aux loisirs de l'imagination, et l'autre peut désormais travailler sans distraction à la réforme de la poésie.

Quand on remonte de Racine à Malherbe, on risque de ne pas comprendre le mérite de ses efforts, et de jouir du bienfait sans savoir ce qu'il a coûté au bienfaiteur. Pour apprécier son génie, il faut avoir traversé l'école de Ronsard, il faut en avoir senti la fatigue, et s'être traîné péniblement à travers ce style bizarre et diffus Alors quand commence à poindre cette poésie nouvelle, on est tenté de s'écrier aussi avec Boileau;

Enfin Malherbe vint!

Aussi bien personne n'a mieux jugé que Boileau Malherbe et sa réforme; c'est lui, dit-il,

> . . . . .Qui le premier en France
> Fit sentir dans les vers une juste cadence.

Marot en effet est naïf et piquant; son vers est souvent coupé d'une manière vive et précise. Mais ce sont des artifices de style plutôt que d'harmonie, et qui satisfont plutôt l'esprit qu'ils ne charment l'oreille. Il semble ignorer encore ce que c'est que la cadence des vers. Ronsard, trop épris des anciens, cherche à se rapprocher de son modèle chéri, il n'ose pas comme Baïf faire des vers métriques, mais il imite les enjambements de la versification antique; il sépare

le nom de l'épithète, place l'un au commencement du vers et jete
l'autre à la fin : enfin il se soucie fort peu de cette césure réglée
qui, au sixième pied, vient marquer le pas de l'Alexandrin. Malherbe répare ce désordre. Il montre le pouvoir d'un mot *mis en sa
place, et défend au vers d'enjamber sur le vers*.

C'est à la fin du 16ᵉ siècle qu'est la grande crise de notre langage. D'une part, la pédanterie empruntant ses idées et ses mots
aux Grecs et aux Latins; de l'autre, la vogue de la langue italienne,
enfin le patois gascon mis en crédit par Henri IV et sa cour, voilà
quels dangers menacent la langue française. Exposé à tant d'in-
fluences diverses, son génie particulier risquait de s'altérer, s'il ne
s'était trouvé un homme d'un esprit inflexible, défenseur fanatique de la pureté et de la correction du langage, et fier de s'entendre appeler le tyran des mots et des syllabes. C'est lui qui con-
conserve à notre langue sa nature originale, c'est lui qui retrouve
en quelque sorte les titres de notre vieux langage et qui nous
les rend.

Plébéien par purisme, il renvoie hardiment à l'école *des croche-
teurs du port au foin* toute cette cour gasconne, et, en fait de langue, croit à la souveraineté du peuple. Il chasse sans pitié et sans
ménagement du sanctuaire de notre langage tous ces mots intrus
qui se réclament en vain, les uns des Grecs, les autres des Italiens,
et les autres du patois de nos provinces méridionales. C'est une
sorte de déportation en masse. Aussi y eut-il çà et là quelques in-
justices; mais les révolutions ne s'accomplissent qu'avec cette ardeur
inflexible et ce zèle opiniâtres.

Cette réforme trouva des adversaires. Régnier, novateur sans le
savoir, qui revenait à l'ancien esprit français par l'heureux don de
sa nature, mais qui se croyait de l'école de Ronsard, Régnier, dans
sa neuvième satyre, se moque de ces nouveaux docteurs,

« Qui tous seuls de bien dire ont trouvé la méthode. »

« Quel est donc, après tout, le mérite singulier qui leur donne
« le droit de mépriser Virgile, Le Tasse et Ronsard? Ils ne sa-
« vent rien?

> Que regratter un mot douteux au jugement ,
> Prendre garde qu'un *qui* ne heurte une diphtongue,
> Espier si des vers la rime est brève ou longue:

Voilà tout leur savoir, mais ils n'ont ni verve ni hardiesse poétique : ils rampent bassement;

> . . . . Et s'ils font quelque chose,
> C'est proser de la rime et rimer de la prose.

Le reproche est juste. Malherbe manque d'imagination; il semble
ne s'inquiéter que de la forme et du dehors de la poésie. Mais aussi
quelle précision et quelle clarté de style! Par quel instinct de génie
a-t-il trouvé ce rythme harmonieux, ignoré jusqu'alors, et que l'o-
reille reconnaît aussitôt comme le rythme naturel de notre langue?
Voilà enfin la poésie française, celle qui ne sera pas *vaincue du
temps*, et qui *ne cédera pas à ses outrages!* Naissez maintenant,
jeunes poètes, naissez; la langue est digne de vous, et votre génie
n'aura plus à lutter contre les obstacles du langage. Malherbe a
taillé la pierre et façonné le marbre; c'est à vous d'élever le
temple.

Dans cette revue de la poésie française au 16ᵉ siècle, nous avons à
dessein omis le théâtre. A cette époque, il y a des poètes qui font des
pièces qu'ils appellent tragédies ou comédies. Mais il n'y a point
vraiment de littérature dramatique, car il n'y a ni caractère ni intrigue : ce sont des traductions des anciens, ou des fabliaux distri-
bués en scènes. Jodèle, Garnier, Grévin, sont des poètes qui font
des vers comme Ronsard, comme Dubellay ; mais, quoi qu'ils en
pensent, ils ne font ni tragédies ni comédies.

Arrêtons-nous un instant, et voyons ce que nous avons trouvé
jusqu'ici? Quelques épitres familières de Marot, d'un style élégant

quelques chansons amoureuses de Ronsard ou de Dubellay d'un
tour gracieux et poétique, les satires de Régnier, où l'esprit français annonce son retour par une moquerie ingénieuse; enfin, les
odes de Malherbe, encore tachées de la rouille du style pédantesque. La poésie, malgré ses prétentions orgueilleuses, manque encore d'imagination créatrice. Il est temps d'arriver à un homme
plus poète que tous les génies de la *pleiade*, puisqu'il fut plus
inventeur : c'est Rabelais.

Rabelais naquit à Chinon, en Touraine, et c'est dans cette pro-
vince qu'il a mis la scène de son Gargantua. A cette époque, le
milieu de la France avait une sorte de prééminence politique et
littéraire. Sous Charles VII, la monarchie française, poussée au
nord et à l'ouest par les Anglais, à l'est par les Bourguignons, s'é-
tait transportée au-delà de la Loire. Cet événement décida une révolution salutaire. Jusque-là la France semblait finir à Orléans; car
c'était là que s'arrêtait cette communauté d'idées et de sentiments
qui fait le lien des peuples. Depuis le roi de Bourges, tout changea.
Le nom et l'idée de France s'étendirent. La royauté, par habitude
ou par reconnaissance, continua à habiter ces provinces qui l'a-
vaient défendue. Louis XI, Charles VIII, Louis XII, semblent pré-
férer Tours à Paris. Bientôt la prééminence littéraire se joignit à
la prééminence politique. Dubellay est Angevin, Ronsard Vendo-
mois, enfin Rabelais est Tourangeau; et, en homme jaloux de l'honneur de sa patrie, il changea en villes les villages du Chinonnais,
comme il métamorphosait en géants ses contemporains.

Rabelais accompagna à Rome le cardinal Dubellay. Ce cardinal,
ami des lettres, avait emmené avec lui le poète Dubellay, son pa-
rent, Magny, Panjas, poètes aussi, et parmi eux Rabelais, que le
sort semblait amener à Rome par une espèce de prédestination
satirique. Que faisait à Rome cette colonie de beaux-esprits français? Atteints du regret de la patrie, les poètes chantaient leurs
ennuis. Et Rabelais? Rabelais observait, j'imagine, les mœurs du

papegaut et des *cardingaux*. Dubellay, mêlant la satyre et la mélancolie, tantôt pleure cette vieille Rome, cette cité gigantesque
enseyelie sous ses sept montagnes qui lui servaient de trône, et
qui lui servent aujourd'hui de tombeau, tantôt, d'un ton de moquerie amère, il décrit cette Rome moderne, mélange de prêtres,
de banquiers et de courtisanes, cette ville qui était encore le centre
du monde, et où venaient alors retentir, comme au palais de la
renommée, les bruits de l'univers. Voilà, à Rome, les pensées de
Dubellay. Et Rabelais? Rabelais, dans la ville la plus *moinante
de toute la moinerie*, prend patience, se tient coi, et se contente
de décrire les feux d'artifice tirés pour la naissance du dauphin,
attendant, pour se livrer à un genre de littérature moins officiel,
qu'il soit rentré au royaume du bon Gargantua. Alors Rome ap-
prendra quel était ce joyeux Rabelais à qui elle a ouvert sans crainte
son Vatican et ses consistoires.

Rabelais dit dans un de ses prologues que voyant, dans son
siècle, tout le monde occupé, les uns à la gloire, les autres à la
science, il n'a pas voulu demeurer oisif, et qu'à l'exemple de Dio-
gène à Corinthe, il s'est mis aussi à remuer son tonneau. Puis il
s'écrie gaiement : « Venez-y boire, enfants, et ne craignez pas d'y
« puiser ; il a la source vive et veine éternelle. Arrière seulement
« les docteurs et les cafards! Ce n'est pas pour eux que mon vin
« tiré. » Hé quoi! maître Rabelais, défendez-vous l'approche de
votre tonneau à tous ceux que vous raillez? Prenez garde! personne n'y viendra boire, ni *Bridoie* le magistrat, ni *Rondibilis* le
médecin, ni *Trouillogand* le philosophe, ni *Dindenaud* le mar-
chand. Je crains même que le grand Gargantua ne se tienne à l'é-
cart comme les autres : et ce sera grand dommage; car chaque état
de la société avait besoin de goûter de votre vin merveilleux ; et
il n'y a pas même jusqu'à la docte université à qui je ne souhai-
tasse d'en perdre un peu la tête et d'y oublier ses routines pédantesques.

En effet, éducation, politique, morale, législation, Rabelais traite de tout dans son livre, et partout ses idées devancent les opinions de son siècle. *Ponocrates*, dans l'éducation de Gargantua, prend hardiment le contre-pied de l'éducation des écoles. Il laisse la raison se développer peu à peu; point de contrainte ni d'autorité magistrale. Il enseigne à réfléchir; voilà le but de ses soins. Faisant déjà ce que nous essayons encore de faire, il mêle dans l'éducation de son élève, à l'étude des lettres, l'étude des sciences naturelles. La *science numérale*, ce sont nos mathématiques et notre géométrie. la lutte, le saut, la nage, le *cri pour fortifier les poumons*, c'est notre gymnastique : ces promenades dans les ateliers des artisans et des fondeurs, ce sont nos cours de mécanique et de chimie appliquées aux arts: enfin Gargantua va ouïr les leçons publiques : que pourrait-il faire de mieux encore aujourd'hui? certes, c'était là un plan d'études nouveau et téméraire. Le siècle s'en alarma-t-il? non. En fit-il son profit? non. Il pensa qu'un enfant qui avait une chemise *de neuf cents aunes*, et qui portait ordinairement un écritoire *pesant sept cents quintaux*, ne devait pas être élevé comme un autre écolier, que c'était là une éducation chimérique comme le personnage lui-même, et qu'enfin quand on n'était pas géant et fils de géant, il fallait s'en tenir à la vieille méthode de l'Université de Paris.

Il est curieux de voir comment le temps prenant une à une les idées de ce rêveur bouffon, en a fait des lois pour la société. Le partage égal des successions, avant le Code civil, maître *Editue* l'avait proclamé dans l'île Sonnante, comme étant de droit divin et naturel; la procédure simple et facile que le législateur nous promettait, et que le Code ne nous a donnée qu'à moitié, Pantagruel l'avait trouvée, quand il pensait qu'il vaut mieux ouïr de vive-voix le débat des parties, que de *lire les paperasses et les babouineries des procureurs.*

Avec son esprit de novateur précoce, Rabelais devait aimer la

réforme. Mais comme il allait, j'imagine, plus loin qu'elle, il resta
ce qu'il était, catholique libre penseur, sans reculer jusqu'au protestantisme. Il était de la première ère du calvinisme français, de
l'ère des Marot et des beaux esprits de la cour de François Ier.
Comme eux il bénit l'art de l'imprimerie, raille la Sorbonne et se
moque des moines. Les moines étaient alors le sujet ordinaire des
railleries; il y avait contre eux en France de vieilles traditions de
moquerie. Les fabliaux du moyen âge racontaient à l'envi leur oisi-
veté et leurs débauches. Marguerite de Navarre, protestante zélée
fit recueillir ces contes comme les archives de *la moinerie*, comme
les pièces justificatives du procès que la réforme faisait aux monastères. Au 16e siècle, les Contes de la reine de Navarre furent
une sorte pamphlet hérétique. Plus tard, cette intention d'esprit
de parti s'oublia, et ils restèrent comme nouvelles licencieuses,
recueillies, disait-on, pour amuser une princesse. Rabelais s'as-
socie contre les moines à ces vieilles et à ces nouvelles inimitiés.
Naguères cordelier lui-même, il a toute l'animosité d'un apostat. Il a pris parmi les moines un de ses héros, le fameux Jean
des entommeures. Mais frère Jean, avec ses habitudes de soldat et son ton d'incontinence, devient le type satirique de l'état
monastique. En même temps c'est lui qui, à titre d'initié aux mystères des couvents, est chargé de révéler les vices des moines.
C'est lui qui est le fondateur de Thélème, espèce d'abbaye déri-
soire, où l'on fait vœu de mariage, de richesse et de liberté, qui
n'est pas gouverné au son de la cloche, mais au *dicté du bon sens
et de l'entendement*, et qui enfin n'a point de murailles, afin que
personne n'ait envie de sortir.

Les commentateurs de Rabelais se sont épuisés à chercher le
sens de ses allégories et les originaux de ses personnages. De là
mille interprétations diverses qui toutes ont tort et raison en même
temps. En effet, Rabelais a peint son siècle, mais il ne l'a pas cal-
qué; il a pris çà et là les traits de ses personnages, mais il n'a fait

le portrait de personne. Voici venir Panurge! je le reconnais de loin à son air effronté, mêlé de valet et de grand seigneur. Panurge est bavard, grand diseur de bons mots, jugeant librement de tout, mais ne soutenant jamais ses opinions que jusqu'*au feu exclusivement*, réserve utile dans un temps d'hérésie; c'est une espèce de Figaro du 16ᵉ siècle. Il parle toutes les langues, connaît toutes les philosophies, argumente par signes ou par paroles, et déconcerte ses adversaires à force d'impudence et de gaîté; du reste, intrigant, goguenard, et prêt à tout. A la guerre, Panurge ne se bat pas, mais il *égorgette* les ennemis qui sont renversés, et, bon catholique, prêche les gens qu'il tue. En administration, Panurge est un grand financier; il a soixante-trois manières de trouver de l'argent, tant il connaît bien la théorie de l'impôt, et deux cent quatorze manières de le dépenser. Quand il n'a plus rien, il fait des dettes, ce qu'il appelle fonder le crédit, système qui a fait, dit-on, école en Angleterre et en France. Surtout, ne lui demandez pas quand il paiera, « car qui sait si le monde durera encore trois ans? » Eh bien qu'est-ce que Panurge? est-ce l'évêque de Valence? le cardinal de Lorraine, ou Rabelais? eh non, c'est Panurge, personnage nouveau, que Rabelais a mis au monde, et que je reconnais quand je le rencontre. Pour doter Panurge de tant de vices et de passions diverses, il fallait plus que le caractère d'un cardinal, d'un évêque, et d'un moine apostat. Chacun à la cour donnait sa quotepart. Rabelais allait de l'un à l'autre : Monseigneur, un peu de votre rancune, un peu de votre prodigalité pour mon Panurge?— Monsieur, un peu de votre insouciance et de votre génie d'intrigue?— Et vous, sire docteur, un peu de votre érudition : c'est pour mon Panurge, il s'en servira pour amuser le public que vous ennuyez.— Puis rentré chez lui, et moi, disait Rabelais, ne donnerai-je rien? alors si, en faisant son examen de conscience, il trouvait quelque vice de bon aloi, le goût de la table ou l'esprit de satire, il le partageait de bonne grâce avec son héros.

Il y a dans Rabelais deux sortes de héros, les hommes et les géants, les personnages de nature et les personnages de fantaisie. Aux hommes, Rabelais distribue les rôles de philosophes ridicules, de jurisconsultes pédants et de moines débauchés. Ce sont eux enfin qui font l'action comique du poëme, se dupant et se raillant les uns les autres. Avec les géants, il est plus réservé, et, à voir comme il les traite, je parierais qu'un des attributs de la puissance des géants est d'accorder ou de refuser l'impression des livres, et de protéger aussi, au besoin, les railleurs contre la Sorbonne et contre le Parlement. Il est curieux d'examiner comment il conçoit ces personnages fantastiques, et quel rôle il leur fait jouer.

Quand le génie indien veut exprimer la force des Dieux, il donne mille bras à leurs statues, et pour marquer leur intelligence, il grossit leur tête d'une façon démesurée. Rabelais semble faire de même. Pour exprimer la puissance des rois, il exagère leur taille et leur figure; il en fait des géants, et représente chaque attribut de leur rang et de leur dignité par quelque attribut physique. Mais ce qu'il y a d'étrange dans leurs proportions, ne passe pas dans leurs pensées et dans leurs actions. Grand-Gousier est un bon et sage géant qui n'est point ambitieux, et qui n'abuse pas de sa stature pour humilier les hommes. Gargantua, dans son enfance, semble d'abord annoncer un esprit désordonné et bizarre; *il tire d'un sac deux moutures*, et *fait de la terre le fossé*, espèce de manie qui a droit d'inquiéter les peuples. Mais ce ne sont qu'espiégleries de jeunesse, et il devient bientôt le plus vaillant et le plus juste des géants. Rabelais est même si discret à cet égard, qu'à mesure qu'il quitte l'allégorie pour entrer plus avant dans la satire, il écarte respectueusement ses géants, comme personnages avec qui il n'est pas séant de se jouer. Ils gardent toujours le premier rang, ils président à l'action, mais ils ne s'y mêlent plus, et ils se contentent d'être en quelque sorte les héros honoraires du poëme.

Il y avait en Touraine un Gargantua, personnage obscur et chimérique, qui avait une grossière légende. Rabelais emprunta au peuple ce héros fabuleux, et, le touchant d'un coup de sa baguette, il donna un corps et un visage à ces formes vagues et confuses; il prêta un esprit et un caractère à ce nom fantastique, et, comme Homère, transforma en épopée les vieilles traditions du pays. Mais ne vous imaginez pas qu'il ait foi aux croyances fabuleuses qu'il lui plaît d'animer. Il se moque de la mythologie même qu'il invente, et, créateur ironique d'un monde merveilleux, il semble n'avoir bâti son nouvel olympe que pour y loger les défauts et les ridicules de l'homme. Son imagination vive et féconde fait de Pantagruel une sorte d'Ulysse satirique, qui visite un à un les vices de l'humanité, comme autant de provinces de l'empire de la folie. Mais, aussi sage que l'Ulysse d'Homère, Pantagruel ne se laisse jamais ni séduire ni duper. Dans l'île sonnante, dans l'île des papimanes, partout il garde un jugement libre et une raison indépendante. Enfin il arrive à l'oracle de la Dive Bouteille. Là est une fontaine fantastique : son eau a pour les buveurs le goût des vins qu'ils s'imaginent boire. Panurge y trouve le goût du vin de Beaune, et Frère Jean du vin de Grèce. Disons-le, Rabelais ressemble un peu à cette merveilleuse fontaine. Les poètes trouveront à son livre le goût de la poésie, les satiriques, le goût de la satire, les moralistes, diront que c'est de la bonne philosophie, et les orateurs, que c'est parfois de l'élégance noble et élevée. Chacun enfin rencontrera son point de vue dans ce singulier ouvrage, qui fait à lui seul une littérature tout entière.

Nous avons examiné la littérature du 16ᵉ siècle. Nous avons cherché à apprécier Rabelais; il est temps de nous résumer. Mais auparavant il faut dire un mot de quelques circonstances et de quelques hommes qui ont hâté les progrès de notre langue.

Jamais langue n'a subi tant de viccissitudes que la notre au 16ᵉ siècle. Mais ce fut surtout la langue poétique qui éprouva ces révolutions, et il en est resté à notre poésie quelque chose de sage, de timide et de craintif. En examinant les poètes du 16ᵉ siècle, nous avons raconté l'histoire des diverses écoles; nous n'y reviendrons pas. Indiquons la marche de la prose.

Personne ne s'est chargé de l'éducation de notre prose; elle s'est faite toute seule et son génie s'est déployé librement. En 1539, François Iᵉʳ ordonna que désormais les actes publics seraient rédigés en français; cette ordonnance eut un grand avantage. Les contrats cessèrent d'être inintelligibl s pour les contractants; mais la langue ne profita guères de cette mesure. Ce n'étaient ni les notaires ni les procureurs qui devaient hâter ses progrès, et Calvin fit plus pour elle en changeant le langage du culte, que l'ordonnance de Villers-Cotterets en changeant le style de la procédure. La prose en France date de la réforme.

Jusqu'au 16ᵉ siècle la théologie avait parlé un latin corrompu qu'entendaient les universités, les parlements, et que sa barbarie même rapprochait du peuple; à cette époque il commençait à prévaloir une latinité plus pure, mais innaccessible au peuple. Que devait faire la réforme qui s'adressait à la foule? Elle ne voulait pas revenir au latin grotesque de la vieille théologie: elle prit l'idiome du peuple et attacha sa destinée à l'avenir de notre jeune langue. Calvin fut un des fondateurs de notre prose, et c'est encore une de ses ressemblances avec Luther que d'avoir, comme lui, aidé aux progrès de la langue de son pays. Son traité de l'Institution chrétienne fut le manifeste de la réforme. C'est aussi une des ères de notre langue. Quel prodigieux changement! Autrefois les hérésies naissaient et mouraient dans l'enceinte des cloîtres et des universités. Abelard n'en appela jamais des conciles au peuple, et ses livres latins, condamnés en latin, brûlaient sans que la bourgeoisie sût autre chose, sinon qu'un grand docteur venait d'être déclaré hérétique. Aujourd'hui voici un homme qui prêche l'hérésie dans la langue du peuple, et fait le peuple juge de la foi. Plus de barrière entre la bourgeoisie et les savants. La réforme se plaint en français, discute en français, et force ses adversaires à la combattre avec les mêmes armes qu'elle a choisies. De là les progrès de la langue. Les querelles religieuses développent son génie. Il faut discuter les dogmes, elle sera claire et précise ; réclamer les droits de l'humanité aux jours de la Saint-Barthélemy, elle sera vive et éloquente. A l'école des passions du 16ᵉ siècle, la prose s'instruit à devenir forte et élevée, tandis qu'à l'école de Ronsard la poésie n'acquiert qu'une majesté factice et empruntée C'est qu'il en est des langues comme des hommes : elles se fortifient et se développent par l'expérience des passions vraies et naturelles ; elles se dépravent et se gâtent par les passions qu'elles affectent.

Jusqu'au cardinal Duperron, le style des théologiens catholiques n'a ni la pureté, ni la clarté du style de la réforme. On eût dit que la langue se prêtait plus volontiers aux efforts des hommes qui l'avaient les premiers affranchie du jargon des écoles. Ronsard reconnaît cette supériorité et s'en plaint. *Les huguenots écrivent mieux que nous*, dit Montluc dans ses Mémoires, *et ils sont plus habiles.* Il y a dans cet aveu quelque chose de cette disposition qu'ont tous les partis à prêter à leurs adversaires une profonde habileté, en se réservant par là le mérite d'une bonne foi intéressante : mais il y a aussi quelque chose de vrai. Le cardinal Duperron commença le premier à rétablir l'égalité.

Cependant la réforme et ses débats ne hâtèrent pas seuls les progrès de la langue : l'étude et la science y furent aussi pour quelque chose. On commence à chercher les lois de la langue française, à déterminer son génie, à fixer sa grammaire. Ramus et Étienne Dolet, tous deux destinés à périr victimes des haines religieuses, publient, l'un une grammaire, et l'autre un traité de la ponctuation : Henri Étienne défend notre langage contre la vogue de l'italien ; ces trois hommes appartiennent à la réforme. L'école de Ronsard travaille aussi au perfectionnement de la langue ; mais l'esprit de système et d'imitation l'égare comme à l'ordinaire. Elle promet (1) d'apprendre à composer des verbes fréquentatifs et inchoatifs, etc.; elle propose de dire à l'exemple des Grecs *le chanter* et *le vivre*, au lieu du chant et de la vie, *le liquide des eaux*, *le frais des ombres;* elle parvient même à mettre en usage quelques-unes de ces innovations.

Il y a au 16ᵉ siècle deux écoles distinctes de prose, l'école d'Amyot et l'école de Montaigne, l'école du vieux langage français, du patois wallon et picard, et l'école gasconne; le style d'Amyot, conforme au génie de notre ancienne langue, est simple et naïf: son allure est unie et régulière; encore quelques efforts, encore quelques années, et dans d'Ossat, cette naïveté deviendra de la clarté, cette régularité sera de la précision. Quand Amyot dérobe aux Grecs quelques tournures, ce n'est pas avec la préméditation laborieuse de l'école de Ronsard. Traducteur assidu de l'antiquité, son style s'empreint sans effort des couleur du style antique. Comme il prête à l'antiquité sa naïveté gauloise, il lui emprunte sans scrupule sa noblesse et son élegance attique. De là deux effets remarquables : l'antiquité, d'une part, devient plus naïve qu'elle n'est, et Plutarque, sophiste ingénieux et raffiné, est désormais en France, grace à Amyot, le bon Plutarque. De l'autre part, ce commerce familier avec l'antiquité annoblit notre langue sans la dénaturer.

L'école de Montaigne et de Montluc, l'école gasconne est toute différente : elle a quelque chose de vif et de pétulant, elle est énergique, hardie, pittoresque, mais elle n'a pas la sagesse et la netteté de la vraie prose française. Il y a entre le style d'Amyot et le style gascon, entre l'école d'en-deçà et d'au-delà de la Loire, la même différence qu'en Grèce entre le style attique et le style asiatique,

____

(1) Art poétique de Ronsard. — Illustration de la langue française de Dubellay.

l'un simple, gracieux, spirituel, l'autre vif et téméraire. L'école
d'Amyot est l'école de la cour des Valois; lisez les Mémoires de
Marguerite, c'est le même tour de style. Seulement à titre de femme
et d'auteur, Marguerite met dans le récit de sa vie une grace et une
finesse que n'égale pas Amyot dans ses traductions. D'Amyot à Marguerite, il y a deja un progrès remarquable; de Marguerite à d'Ossat
le progrès continue. Car Marguerite ne fait que raconter, et le style
de la narration a naturellement de l'ordre et de la clarté : mais
d'Ossat explique des négociations minutieuses et compliquées, et
cependant il est toujours net et précis. Cette précision de style
est la plus sure marque d'une langue qui commence à se fixer.

Quelqu'admiré que fut Montaigne de son temps, son style n'a
pas fait école, et au 17ᵉ siècle, nos grands écrivains suivent l'école
d'Amyot et de d'Ossat, l'école du vieux langage wallon et picard.
Racine lit Amyot à Louis XIV, et ce judicieux imitateur des Grecs
aime à voir voir comment son naïf devancier a profité de la pratique
assidue des anciens. Il n'y a que La Bruyère qui semble se souvenir de l'école pittoresque de Montaigne.

Il est temps de nous arrêter et de jeter un regard en arrière sur
la marche que nous avons suivie.

Quand nous avons commencé à tourner les yeux vers le 16ᵉ siècle, qu'avons-nous vu d'abord? une singulière confusion, partout
des sectes, des partis, et des écoles qui se poussent et se remplacent sans cesse. Cependant à travers toutes ces vicissitudes, nous
avons cru demêler quelque chose qui ne changeait, quelque chose
qui reglait le siècle à son insçu : C'est le vieil esprit français.

Mais qu'est ce que le vieil esprit français? Un esprit libre penseur, qui répugne aux préjugés, et en même temps un esprit de
mesure et de réserve. On a dit souvent que le Français a l'esprit
moqueur : on s'est trompé de mot. Il fallait dire qu'il a l'esprit
philosophique, c'est-à-dire l'esprit d'examen et de réfléxion. Comme
nous voyons le fonds des choses, nous nous moquons parfois de

leurs dehors; mais notre moquerie n'est pas insignifiante et nos bons mots sont des jugements. En même temps notre instinct de discrétion fait que nous nous en tenons volontiers à la raillerie et que nous ne détruisons pas tous les préjugés que nous critiquons.

L'esprit français une fois défini, nous avons examiné de quelle manière il dirige le mouvement du 16e siècle, comment par sagacité et par goût d'opposition, il semble d'abord se tourner vers la réforme, et bientôt par réserve et par modération naturelle, revient au catholicisme tempéré par les libertés gallicanes. Car c'est là le milieu qui suffit à la raison du 16e siècle. De même, plus tard, au 18e siècle, nous le voyons s'emporter vers l'irréligion et la démocratie, et aujourd'hui, fatigué de son erreur, déterminer avec une sage hardiesse la mesure de liberté qui convient aux idées de notre siècle.

Je ne puis voir sans admiration comme tout s'accorde dans l'esprit français. Il sort du moyen âge sans garder de ce temps ni croyances superstitieuses, ni souvenirs chevaleresques. Car son bon sens l'avertit que la chevalerie n'est que le nom poétique de la féodalité. Il arrive ainsi au 16e siècle. Là Rabelais lui apprend à examiner et à railler, Montaigne à douter, Ramus à *socratiser*, le parti politique à se défier également de Calvin et des jésuites, leçons diverses, qui toutes concourent à développer cet instinct de pénétration et de sagacité qu'il a reçu du ciel.

Mais, jusque-là, cet amour de l'examen n'est encore qu'un goût et qu'un penchant naturel; ce n'est point une règle et une méthode. L'esprit français ne s'est point encore fait un système de prendre la réflexion comme point de départ de toutes choses. Il faut que ce qui est un instinct et une habitude devienne une science, et ait, en quelque sorte, force de loi. Descartes paraît. Sous ses auspices, à Port-Royal, l'esprit français refait, pour ainsi dire, toute son éducation. Aussi, au premier coup-d'œil, il semble

avoir reculé; car il n'est plus si hardi qu'au 16ᵉ siècle, et il y a
beaucoup de sujets qu'il ne se permet plus d'examiner. Mais n'en
croyez pas l'apparence. Il ne recule pas; il remonte aux premiers
principes des choses. Hardi Cartésien, il étudie le *moi* humain dans
toute sa profondeur, néglige les variétés de mœurs et de gouvernements pour ne s'occuper que de l'homme et de sa nature, recommence la morale, la grammaire, la logique, et fait de la réflexion et de
la philosophie le fond de toute notre littérature. Alors la destinée de
l'esprit français est accomplie. D'esprit libre penseur, il est devenu
l'esprit philosophique. La science a fini ce qu'avait commencé la nature.

Ainsi fabliaux railleurs, licence de Rabelais, doute de Montaigne, méthode de Descartes, science de Port-Royal, tout a la
même origine, c'est-à-dire le vieil esprit français; tout conspire
à la même œuvre, c'est-à-dire l'esprit philosophique. Depuis le
roman de la Rose jusqu'à Voltaire, l'esprit français garde sa
nature, et sa pensée ne se dément pas en traversant les siècles.
De là toute notre littérature, notre roman de mœurs, notre comédie de caractère, notre théâtre tragique avec la nature abstraite
et idéale de ses personnages; de là la popularité européenne de
l'esprit français. En peignant l'humanité plutôt que l'homme d'un
siècle ou d'un pays, en cherchant la vérité absolue et éternelle,
plutôt que la vérité locale et passagère, la France a fait de sa
littérature la littérature de tous les siècles et de tous les pays.

Même travail pour notre civilisation et pour notre liberté.
Ailleurs la liberté naît des mœurs ou des évènements : en France,
elle naît des idées. Elle se fait avec une sorte de logique rigou-
reuse, et comme un système de philosophie. Au 16ᵉ siècle, l'esprit
français aide d'abord à l'établissement du despotisme, afin de
faire, pour ainsi dire, table rase de toutes les libertés féodales et
bourgeoises du moyen âge. Car dans ces institutions surannées il
n'y a rien qui satisfasse sa raison. Une fois le terrain libre, il commence par établir la liberté de l'ame, liberté modeste qui naît à

l'ombre des écoles et qui n'éveille pas les craintes du pouvoir. puis la liberté philosophique une fois reconnue, au 18ᵉ siècle il élève la voix, réclame hardiment les droits de l'homme, demande aux rois des institutions et à l'église la tolérance. De là la charte, la liberté de conscience et nos codes égaux pour tous.

Voilà l'esprit français; voilà la littérature et la liberté qu'il a enfantées. Ce sont deux sœurs immortelles qui marchent de concert à l'empire du monde. Elles sont nées en France; mais partout où elles vont, elles trouvent une patrie; car elles n'ont ni préjugés, ni égoïsme national; elles ne sont ni d'un siècle ni d'un pays; elles sont filles de la pensée humaine. C'est le privilége de l'esprit français d'être, plus qu'aucun autre, l'expression de l'esprit humain, c'est lui qui en a le plus le caractère, c'est lui qui a le plus de ce bon sens et de ces idées générales qui conviennent à tous les hommes.

Ailleurs, peut-être, la poésie a eu de plus beaux jours; il y a eu plus d'enthousiasme lyrique, plus de mélancolie tendre et rêveuse. Nulle part la littérature n'a eu autant d'efficacité qu'en France; nulle part elle n'a eu autant de persévérance. Pendant près de cinq cents ans, depuis les Trouvères jusqu'à Voltaire, la littérature française a travaillé à renouveler la civilisation, et, en dépit des vicissitudes du sort, elle a glorieusement accompli son ouvrage. Vienne maintenant l'histoire pour la juger, viennent ses détracteurs pour l'accuser, elle montrera ce qu'elle a fait, elle montrera la liberté donnée en patrimoine à la France et en exemple à l'univers.

FIN.